Bizim Okul Bi'Acayip!

Bir Sürprizim Var!

BAYAN SUKİ / ÇOK ÖFKELİ

Orijinal Adı: My Weird School / Miss Suki is Kooky!
Yazarı: Dan Gutman
Genel Yayın Yönetmeni: Meltem Erkmen
Çeviri: Andaç Oral
Düzenleme: Gülen Işık

Resimleyen: Jim Paillot
Kapak Uygulama: Berna Özbek Keleş

3. Baskı: Şubat 2017

ISBN: 978 9944 82-975-5

YAYINEVİ SERTİFİKA NO: 34590

Basım ve Cilt: GD Ofset
Atatürk Bulvarı, Deposite İş Merkezi,
A5 Blok, 4. Kat, No: 407
İkitelli OSB, Başakşehir / İstanbul
Tel: (0212) 671 91 00 Faks: (0212) 671 91 90
Sertifika No: 32211

Yayımlayan:
Epsilon Yayınevi Ticaret ve Sanayi A.Ş.
Osmanlı Sk. Osmanlı İş Merkezi 18/ 4-5 Taksim / İstanbul
Tel: 0212.252 38 21 Faks: 252 63 98
İnternet adresi: www.epsilonyayinevi.com
e-mail: epsilon@epsilonyayinevi.com

Bizim Okul Bi'Acayip!

BAYAN SUKİ ÇOK ÖFKELİ

Dan Gutman

Resimleyen
Jim Paillot

epsilon®

Emma'ya

Öğle Yemeği
Balık
Pizza
A.J.
Duygular
Gülümse
Dokun
emiLY
RYAN
LIBERTY

Bilet
andrea
Patates Gücü
MicHaEL

İçindekiler

1

Dünya Tarihindeki En Garip Şey

Benim adım A.J. ve okuldan nefret ediyorum.

Günlerden pazartesiydi ve bütün kızlar, hafta sonu bir doğum günü partisinde ellerine geçen oyuncak makyaj malzemeleriyle oynuyorlardı. Kusacak gibi oldum.

"Fotoğraf Günü'ne üç hafta kaldı," dedi öğretmenimiz Bayan Daisy, hepimize birer sayfa kâğıt dağıtırken. "Bir fotoğrafçı gelecek ve okuldaki her öğrencinin fotoğrafını çekecek. Bu nedenle, eğer anne babanız fotoğraf sipariş etmek istiyorsa, onlara bu formu doldurtun mutlaka."

"Ben fotoğraf çektirmeye bayılırım," dedi Andrea Young adında kıvırcık, kahverengi saçları olan, sinir bozucu kız. (Kızın adı Andrea Young. Saçlarının değil. Saçların adı olmaz.)

"Ben de," dedi her konuda Andrea ile aynı fikirde olan sulugöz Emily.

"Sizin fotoğraflarınızı çekmeliler," dedim, "sonra da yakmalılar."

Arkadaşlarım Ryan, Michael ve ben güldük. Emily ağlamaya başlayacak gibi görünüyordu.

"Emily ve ben çok fotojeniğiz," dedi Andrea.

"Vay canına!" dedim. "Ben bunu sadece bitkilerin yapabildiğini sanıyordum!"

"Fotosentez değil, kaz kafalı!" dedi Andrea. "Fotojenik, resimde güzel çıkan anlamına gelir."

"Bu iyi bir şey," dedim. "Çünkü gerçek hayatta çok çirkinsiniz."

"Gol!" diye bağırdı Michael.

"Senin resmini nereye koymalılar, biliyor musun Arlo?" diye sordu Andrea.

"Nereye?" dedim. Bu kızın bana gerçek adımla seslenmesinden nefret ediyorum.

"Postaneye," dedi Andrea. "Aranan suçluların, banka soyguncularının ve katillerin fotoğraflarının yanına."

"Gol!" diye bağırdı Ryan.

"Sen kendine bak," dedim Andrea'ya. Biri sana kötü bir şey söylediğinde, hemen "Sen kendine bak!" dersin. Bazen anlamsız olsa bile. Çocuk olmanın birinci kuralı budur.

"Bu kadar gevezelik yeter," dedi Bayan Daisy. "Şimdi Bayan Roopy ile kütüphane dersimiz var."

"Yaşasın!" diye bağırdı kızlar.

"Öf!" diye bağırdı erkekler.

Pof! Kütüphaneler sıkıcıdır. Neden biliyor musun? Çünkü kitaplarla doludur. Bir kitaptan daha sıkıcı bir şey de olamaz. Sen neden bu kitabı okuyorsun ki?

Eğer Bayan Roopy gibi bir kütüphane görevlimiz olmasaydı, kütüphane daha da sıkı-

cı olabilirdi. Bayan Roopy hep başkalarının kılığına giriyor. Mesela roman kahramanlarının kılığına. Bayan Roopy bi'acayip!

Kütüphaneye vardığımızda, Bayan Roopy'nin dev bir kuş kılığına girdiğini gördük. Bir sürü tüyü ve gagası vardı.

"Neden kuş gibi giyindiniz, Bayan Roopy?" diye sordu, kıyafetlerinin olmasına karşın bizim çıplak çocuk dediğimiz Mel.

"Cıyk! Cıyk! Cıyk!" diye bağırdı Bayan Roopy kanatlarını çırparak. "Roopy de kim? Benim adım Rappy. Korkusuz Doğan* kitabındaki ana karakter olan doğanım ben. Bu, ünlü çocuk kitapları yazarı Suki Kabuki tarafından yazılıp resimlenmiş harika bir kitap."

Bayan Roopy bize kitaptan birkaç bölüm okudu. Bir camda kendi yansımasını gören ve düşman zanneden bir doğanın hikâyesiydi bu. Doğan, cama uçarak kendi yansımasına saldırıyordu. Bam!

---

*Eğer kitapta bunlardan birini görürsen, başını öne eğmen gerekiyor.

Ne aptal kuşmuş!*

"Bu hayatımda duyduğum en acıklı hikâye," dedi Emily, gözlerinde yaşlarla. Bu kız da her şeye ağlıyor!

Kütüphaneden sonra resim odasına gittik. Resim öğretmenimiz Bayan Hannah bizi bekliyordu.

"Bugün, Korkusuz Doğan'daki Rappy'nin resimlerini çizeceğiz," dedi Bayan Hannah. "Kitap, ünlü çocuk kitapları yazarı Bayan Suki Kabuki tarafından yazılmış ve resimlenmiş."

Hımm, çok garipti. Neden hem kütüphanede hem de resim dersinde aynı kitabı işliyorduk?

Resimlerimizi çizmeyi bitirdikten ve resim odasını temizledikten sonra, Bay Loring ile müzik dersi vakti geldi.

"Bugün Rappy adında bir doğanla ilgili bir şarkı söyleyeceğiz," dedi Bay Loring.

---

*Ha-ha-ha! Başını eğdin işte! Aman sen de her şeye kanıyorsun, dostum!

"Kendisi Bayan Suki Kabuki tarafından yazılıp resimlenen Korkusuz Doğan adındaki ana karakter."

Durum iyice acayipleşiyordu!

Müzik dersi bittikten sonra, bilgisayar laboratuvarına gittik.

"Günaydın," dedi bilgisayar öğretmenimiz Bayan Yonkers. "Bugün www.sukikabuki.com adresini ziyaret edeceğiz. Bu, çocuk kitapları yazarı Bayan Suki Kabuki'nin web sitesi."

Neler oluyordu?

Neden bütün öğretmenler bu çocuk kitabı yazarından söz ediyorlardı? Bu, dünya tarihindeki en garip şeydi.

Bilgisayar laboratuvarı bittikten

sonra, öğle yemeği için hazırlanmak üzere sınıfımıza döndük. Birden kapının tıklatıldığını duydum. Bayan Daisy kapıyı açtı.

Gelen okul müdürü Bay Klutz idi! Kendisinin hemen hiç saçı yok.

"Çok önemli haberlerim var," dedi Bay Klutz. "Bilin bakalım üç hafta sonra okulumuzu kim ziyaret edecek?"

"Kim?" diye sorduk hep bir ağızdan.

"Ünlü bir çocuk kitapları yazarı," dedi Bay Klutz. "Adı Bayan Suki Kabuki!"

2

Çocuk Kitapları Saçmadır

Demek bu yüzden bütün öğretmenler Bayan Suki Kabuki'den söz ediyorlardı. Kendisi okulumuzu ziyaret edecekti. Daha önce hiç yaşayan gerçek bir yazarla karşılaşmamıştım. Aslında düşünecek olursak, ölü bir yazarla da karşılaşmadım.

"Vay canına!" dedi kızlar.

"Ne olmuş yani?" dedi bütün oğlanlar.

Okulumuzu bir yazar ziyaret edeceği için çok heyecanlı olan Bay Klutz, bu haberi diğer sınıflara da vermek üzere gitti.

“Bayan Suki Kabuki’yi çok severim,” dedi kitap okumayı ve sıkıcı olan diğer her şeyi çok seven Andrea. “Benim en sevdiğim yazardır!”

“Adını daha önce hiç duymadım,” dedim.

“Eline arada bir kitap alsaydın, o zaman onun kim olduğunu bilirdin, Arlo.”

“Ben elime bir kez kitap aldım!” dedim. “Sonra hemen bıraktım.”

Andrea, Bayan Suki Kabuki’nin kitaplarının adlarını sayarak ne kadar akıllı olduğunu herkese göstermek zorunda hissetti kendini. Korkusuz Doğan, Canı Sıkılan Gergedan ve Cesur Hipopotam, kitapların adları bunlardı.

“Doğru, Andrea,” dedi Bayan Daisy. “Suki Kabuki harika çocuk kitapları yazmıştır. Kendisi Ahududu ödülünü kazandığı için Japonya’dan kalkıp Amerika’ya geldi. Ahududu ödülü, yılın en iyi çocuk kitabına verilen bir ödül. Bayan Kabuki, Amerika’da

yalnızca birkaç okulu ziyaret edecek. Bizim okulumuz da onlardan biri! Bu büyük yazarla tanışacağımız için çok şanslıyız!"

"Ben Bayan Suki'nin geleceğini biliyordum," dedi herkese ne kadar çok şey bildiğini göstermeye bayılan Andrea.

"Nereden biliyordun?" diye sordu, çıplak çocuk Mel.

"Annem okul aile birliğinde başkan yardımcısı," dedi Andrea. "Her şeyi biliyor."

"Eminim Bayan Suki'yi buraya gelip bizi ziyaret etmeye ikna etmek zor olmuştur," dedi Bayan Daisy. "Kendisi yağmur ormanında yaşıyor ve hayvanlarla ilgili bütün kitaplarını orada yazıyor."

"Hayvanları çok severim," dedi Andrea. "Büyüyünce veteriner olmak istiyorum."

"Yani et yemeyecek misin?" diye sordum.

"Vejetaryen değil, kaz kafalı," dedi Andrea. "Veteriner olacağım. Hayvan doktoru anlamına geliyor."

"Gelmiyor," dedim.

"Geliyor," dedi Andrea.

Bir süre böyle tartıştık. Sonunda aklıma tartışmayı kazanmak için dahice bir fikir geldi.

"Ah, evet?" dedim. "Et yemeyen veterinere vejeriner denir. Kih-koh-koh!"

Canıma değsin! Beni ayrıcalıklı yetenek programına almalarına şaşmamak gerek!

"Bayan Suki'nin bizim okulumuza geleceğine inanamıyorum!" dedi Emily heyecanla. "Sizce imza verir mi?"

"Bilmem," dedi hiçbir şey bilmeyen Bayan Daisy. "Belki uslu durursanız verir."

Ben, Bayan Suki'nin imzasını istemiyordum. Onun ve saçma kitaplarının adını daha önce hiç duymamıştım ki. Hem neden bizi bir yazar ziyaret ediyordu sanki? Onun yerine profesyonel bir kaykaycı filan gelse olmaz mıydı? Bu müthiş olurdu.

Bence çocuk kitapları saçmalıktan başka bir şey değil. Bu yüzden çocuk kitapları yazan birinin de pek akıllı olduğunu sanmıyorum. Dr. Seuss hariç tabii. Ben sadece Dr. Seuss kitaplarını okuyorum. Dr. Seuss, gerçek bir doktor olmasa da müthiş biri.

"Neden okulumuza Dr. Seuss'u davet etmiyoruz?" diye sordum.

"Çünkü o öldü, kaz kafalı!" dedi Andrea.

"Sen kendine bak!" diye karşılık verdim. Başka diyecek bir şey bulamadım çünkü.

3

Andrea'dan Nefret Ediyorum, O da Benden Nefret Ediyor

"Bayan Daisy, lütfen odama gelin," dedi Bay Klutz birkaç gün sonra hoparlörden. "Ah, bu arada Fotoğraf Günü'ne ve Yazar Günü'ne cumadan sonra iki hafta kalmış oluyor. Böylece bir taşla iki kuş vuracağız. İlginiz için teşekkürler."

"Kuş vurmak acımasızlık!" dedi Emily.

"Bu sadece bir deyim, kaz kafalı," dedim ona. "Bir taşla iki kuş vurmak, aynı anda iki şey yapmak anlamına geliyor."

"Biliyorum," diye yalan söyledi Emily. Her zamanki gibi, ağlamaklı görünüyordu.

Bayan Daisy hâlâ müdürün odasındaydı. Andrea ve Emily yine oyuncak makyaj malzemelerini çıkardılar. Küçük yuvarlak aynalara bakıp saçlarıyla oynuyorlardı.

"Muhteşem görünüyorsun, Emily," dedi Andrea.

"Hayır, sen muhteşem görünüyorsun, Andrea," dedi Emily.

"Sence Fotoğraf Günü'nde ne giysem?" diye sordu Andrea. "Mavi eteğimi mi yoksa üzerinde tekne resmi olan kırmızı eteğimi mi?"

"Kesinlikle maviyi," dedi Emily. "Gözlerini ortaya çıkarıyor."

"Bence biraz daha ruj sürmeliyim," dedi Andrea.

"Benim de nemlendiriciye ihtiyacım var," dedi Emily.

"Of," dedim. "Derdiniz ne sizin?" Kusacak gibi oldum.

"Kendimizi güzelleştiriyoruz," dedi Andrea.

"İyi," dedim. "Çünkü kendinizi daha fazla çirkinleştiremezdiniz."

"Çok kötüsün!" dedi Emily.

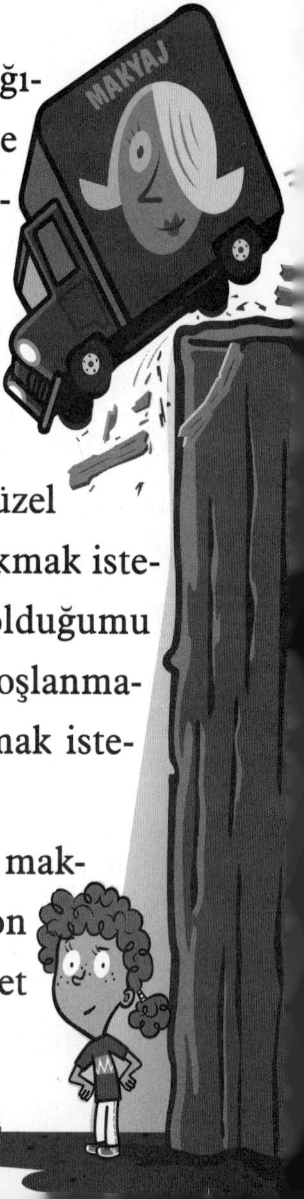

"Neden kafalarınıza kesekâğıdı geçirmiyorsunuz? Böylece size bakmak zorunda kalmayız!" diye önerdim.

"Çok komik, Arlo!" dedi Andrea. "Ben genç kız olduğumda gerçek makyaj yapacağım ve o zaman daha da güzel olacağım. O zaman benimle çıkmak isteyeceksin ama ben çok yoğun olduğumu söyleyeceğim; çünkü senden hoşlanmadığımı söyleyerek kalbini kırmak istemiyorum."

Neden Andrea'nin kafasına makyaj malzemesi dolu bir kamyon düşmüyor sanki? Ondan nefret ediyorum.

"Aaahhh!" dedi Ryan. "A.J. büyüyünce Andrea'ya çıkma teklif edecekmiş. Demek birbirlerine âşıklar!"

"Ne zaman evleneceksiniz?" diye sordu Michael.

O sırada Bayan Daisy müdürün odasından koşarak geldi.

"Bilin bakalım ne oldu?" dedi.

Az kalsın "Kedi oğlan doğurdu!" diye cevap verecektim. Biri "Bil bakalım ne oldu?" dediğinde, "Kedi oğlan doğurdu!" demek gerekir. Çocuk olmanın birinci kuralı budur. Ama Bayan Daisy bir yetişkin ve yetişkinler "Kedi oğlan doğurdu!" denmesine kızıyorlar. Kimse nedenini bilmiyor.

"Ne?" diye bağırdık bir ağızdan.

"Bayan Suki'den bir mektup aldık!"

4

Ünlü Yazar Geliyor

Bayan Daisy, Bayan Suki'den gelen mektubu okudu:

Sevgili öğretmen ve öğrenci dostlarım,
Sizinle buluşmak için sabırsızlanıyorum! Çocukları çok seviyorum ve okulunuzu ziyaret etmek için can atıyorum. Size büyük bir sürprizim var. Yakında görüşürüz!
Sayanora,
Bayan Suki Kabuki

Bayan Daisy, mektubu mantar panoya astı. Yaşayan, gerçek, ünlü bir yazar vakit ayırıp bize mektup yazdığı için çok heyecanlıydı. Bizden Bayan Suki'ye cevap yazmamızı, onun için resimler çizmemizi ve geldiğinde kendisine sorabileceğimiz sorular düşünmemizi istedi.

Bunu izleyen iki hafta, Bayan Suki'nin ziyaretine hazırlanarak geçti. Sekreter Bayan Patty odasına üzerinde FOTOĞRAF GÜNÜNE VE YAZAR GÜNÜNE GERİSAYIM BAŞLADI yazan büyük bir afiş astı. Her geçen günü bu afişte işaretliyordu; böylece herkes geriye kaç gün kaldığını biliyordu.

14...13...12...11...

Okuma uzmanı Bayan Macky sınıfımıza geldi ve bize Bayan Suki'nin kitaplarından söz etti. Bayan Suki hayvanları gerçekten çok seviyor! Hatta bence hayvanları insanlardan çok seviyor! Bu yüzden ailesiyle normal bir evde yaşamak yerine yağmur ormanında yaşıyor. Hayvanlarla yaşayan insanlar bi'acayip oluyorlar. Bayan Suki'nin yağmur ormanında Tarzan kıyafetiyle dolaşıp dolaşmadığını merak ettim.

10...9...8...7...

Fen dersinde, Bay Docker bize doğanlardan söz etti çünkü Bayan Suki, Korkusuz Doğan kitabında bu kuşları anlatmıştı. Doğanlar yırtıcı kuşlarmış ve genellikle güvercin ya da ördek gibi diğer kuşları yiyorlarmış. Iyk! Bay Docker, doğanların dişlerinin olmadığını, etleri parçalamak için gagalarını ya da jilet gibi keskin ayak tırnaklarını kullandıklarını söyledi. Ay! Çok keskin gözleri varmış, birkaç kilometre ötedeki bir tavşanı bile görebiliyorlarmış. Ayrıca dünyanın en hızlı kuşları onlarmış. Saatte neredeyse iki yüz mil uçabiliyorlarmış. Bir keresinde babam saatte seksen mil hızla gitmişti; polis ona ceza kesti. Ama doğanların hız sınırına uymak zorunda olduklarını sanmıyorum.

6...5...4...3...

Bazı sınıflar Bayan Suki'nin kitaplarını oyunlaştırdılar. Bazıları Bayan Suki'nin hayvan dostlarının maketlerini yaptılar. Bizim sınıfımız, Bayan Hannah ile birlikte "Hoş Geldiniz" pankartı hazırladı.

Ayrıca kalın kartondan uzun, kırmızı bir halı yaptık. Böylece Bayan Suki okula gösterişli bir şekilde girebilecekti. Bayan Suki'nin adının baş harflerinden oluşan akrostiş şiir bile yazdık.

Büyük
Adı duyulmuş
Yazar
Adını herkes bilir
Ne güzel!

Sahiden büyük
Ulu
Kitaplarınızı okuduk
İyi ki geldiniz, gurur duyduk!

Sonunda FOTOĞRAF GÜNÜ ve YAZAR GÜNÜ'ne bir gün kalmıştı. Bayan Suki ertesi gün gelecekti. Herkes çok heyecanlıydı, benim dışımda. Duyan da okulumuza devlet başkanı filan sanırdı.

O gün kusmukoryumda, yemekhane görevlisi Bayan LaGrange, Bayan Suki şerefine tavuk teriyaki adında özel bir Japon yemeği hazırladı. Üzerine teriyaki sosu dökülmüş tavuktu bu, yani mükemmel bir adı vardı.

Ben Ryan, Michael ve çıplak çocuk Mel ile birlikte oturuyordum. Ryan, fıstık kabuklarını kafasında ezerek açıyordu. Michael, yiyecek poşetini şişirdi ve kızları korkutmak için patlattı. Çıplak çocuk Mel, krakerleri gözlerinin üzerine yerleştirmeye çalışıyordu.

Andrea, Emily ve sinir bozucu arkadaşları yan masamızda yine kızlara özgü şeylerden konuşuyorlardı.

"Fotoğraf Günü'nde saçlarımı atkuyruğu mu yapsam?" dedi Andrea. "Yoksa kurdele mi takayım?"

"Elbette atkuyruğu!" diye karşılık verdi Emily.

Öf! Kusacak gibi oldum!

"Bahse girerim, Bayan Suki okula limuzinle gelecek," dedi Michael.

"Belki de helikopterle gelir," dedi Ryan.

"Kendisi yağmur ormanında yaşıyor," dedi. "Belki Tarzan gibi daldan dala uçarak gelir. Müthiş olur o zaman."

"Acaba mektubunda söz ettiği sürpriz ne?" diye sordu çıplak çocuk Mel.

"Bilmem!" dedik bir ağızdan.

Yemek neredeyse bitmişti. Hepimiz tepsilerimizde kalanları büyük çöp kutusuna boşalttık.

"Umarım yarın Bayan Suki imza defterimi imzalar," dedi Emily diğer kızlara. "Defterimi Disney Dünyası'na götürdüm ve orada Mickey Mouse ve Minnie'ye bile imzalattım."

"Onlar, Mickey Mouse ve Minnie kıyafetleri giymiş gençler sadece, kaz kafalı!" dedim.

"Değiller!" diye bağırdı Emily. "Onlar gerçek Mickey Mouse ve Minnie!" Az kalsın ağlayacaktı ama sınıfımıza dönmek zorundaydık, bu yüzden vakti olmadı sanırım.

Bayan Daisy'nin sınıfına girdiğimizde, bilin bakalım kapıdan içeri kim girdi?

Şaşıracak bir şey yok canım! Bay Klutz ve Bayan Roopy!

"Yarınki Fotoğraf Günü için heyecanlı mısınız?" diye sordu Bay Klutz.

"Yarınki Yazar Günü için heyecanlı mısınız?" diye sordu Bayan Roopy.

"Evet!" diye bağırdı kızlar.

"Hayır!" diye bağırdı oğlanlar.

"Bayan Suki'yi görmek için sabırsızlanıyorum!" dedi Bay Klutz. "Çünkü ben de hayvanları çok severim. Eskiden yazları hayvanat bahçesinde çalışırdım."

"Vay canına!" dedik bir ağızdan, oysa Bay Klutz o kadar da ilginç bir şey söylememişti. Büyükler size gençlik günleriyle ilgili sıkıcı şeyler söylediklerinde, her zaman bunlar ilginizi çekmiş numarası yapmalısınız. Çocuk olmanın birinci kuralı budur.

"Unutmayın," diye devam etti Bay Klutz, "Hepinizin uslu duracağınızdan ve ona saygılı davranacağınızdan eminim. Bayan Su-

ki'ye okulumuzda ne kadar harika öğrenciler olduğunu göstermek istiyoruz. Bu arada okulumuza Milli Eğitim Bakanı Dr. Carbles'ı da davet ettim. Heyecan verici değil mi?"

"Evet!" dedik hepimiz ama hiç de öyle değildi.

Bay Klutz konuşmasını bitirdiğinde, Bayan Roopy de birkaç şey söylemek istediğini belirtti.

"Bayan Suki büyük olasılıkla size kendisine soru sorma fırsatını tanıyacaktır," dedi. "Unutmayın, soru, kendinizle ilgili bir hikâye değildir. Soru, birine bir şey sormanızdır. Ayrıca ne yaparsanız yapın, sakın Bayan Suki'ye kişisel sorular sormayın. Örneğin kaç yaşında olduğunu ya da ne kadar para kazandığını filan sormaya kalkmayın."

Hepimiz iyi dinleyiciler olacağımıza ve aptal sorular sormayacağımıza söz verdik.

Üç haftalık hazırlıktan sonra, büyük gün gelip çatmıştı işte. Doğrusunu söylemek gerekirse, Bayan Suki'den çok sıkılmıştım ve daha onu görmemiştim bile.

5

Bayan Suki Nihayet Geliyor

Ertesi sabah okula vardığımızda, ön bahçede büyük bir tabela vardı:

BAYAN SUKİ KABUKİ
YAZAR GÜNÜ VE
FOTOĞRAF GÜNÜ İÇİN
OKULUMUZA HOŞ GELDİNİZ!

Bütün kızlar Fotoğraf Günü için süslenmişlerdi. Oğlanlar da her zamanki gibi özensiz giyinmişlerdi.

Sırt çantalarımızı dolaplarımıza bıraktıktan sonra, Andrea ve Emily küçük aynalarını çıkardılar ve kendilerini güzelleştirmeye çalıştılar. Yani imkânsızı başarmaya çalışıyorlardı! Bayan Daisy, fotoğraflarımızın günün sonunda, yazar ziyaretinden sonra çekileceğini söyledi. O gün okulda çok şey olup bittiğinden, matematik dersini yapamayacaktık. İşte bu! Matematikten nefret ediyorum!

Herkes, "Bayan Suki nerede?" "Bayan Suki hâlâ gelmedi mi?" diye fısıldıyordu. Hepimiz cama yapışmıştık, Bayan Suki geldiğinde onu ilk gören olmak istiyorduk.

Derken onu gördüm! Tam sınıfımızla koridorun arasındaki camdan bakıyordum ki, bir kadın yere yapıştırılmış olan kırmızı mukavva halıda yürüyerek içeri girdi. Kitabında gördüğüm yazar fotoğrafı sayesinde onu hemen tanıdım. Bayan Suki üzerinde büyük bir kutunun olduğu tekerlekli bir aracı çekiyordu. Ufak tefek, zayıf bir kadındı; neredeyse çocuk gibiydi. Biraz rüzgâr esse uçuverecek gibi görünüyordu.

"Geldi!" diye bağırdım. "Bayan Suki geldi!"

Herkes koridora koştu. O sırada dünya tarihinin en şaşırtıcı şeyi oldu. Bayan Suki'nin tekerlekli çekçeki kırmızı halıya takıldı, ya da öyle bir şey oldu ve Bayan Suki yüzüstü yere düştü. Hepimiz ona yardıma koştuk.

"O kartonun yerde ne işi var?" diye sordu Bayan Suki.

"Karton değil o," dedi Ryan. "Kırmızı halı. Sizin okula gösterişli bir şekilde girmeniz için."

"Onu hemen kaldırabilir misiniz lütfen?" dedi Bayan Suki. "Zaten zor bir gün geçirdim. Uçağım rötar yaptı. Taksi şoförü de buraya gelirken yolu kaybetti."

"Ooo, kendi uçağı varmış!" dedi biri.

"Oooo, kendi taksisi varmış!" dedi başka biri.

“Siz gerçekten ünlü çocuk kitapları yazarı Bayan Suki Kabuki misiniz?” diye sordum.

“Evet, benim,” diye karşılık verdi ve elimi sıktı.

“Ah, ünlü birine dokundum,” dedim. “Elimi bir daha hiç yıkamayacağım!”

“Senin için sorun olmaz, Arlo,” dedi Andrea. “Zaten ellerini hiç yıkamıyorsundur ki.”

“Gol!” dedi Ryan.

“Sen kendine bak,” dedim Andrea’ya.

"O kutuda ne var?" diye sordu Emily.

"Daha sonra göreceksiniz," dedi Bayan Suki. "O benim gizemli kutum. Ama önce bana müdür odasının nerede olduğunu söyler misin? Okul müdürü Bay Putz ile tanışmam gerek."

"Klutz!" diye bağırdı herkes ve Bayan Suki'ye müdürün odasına nasıl gideceğini tarif ettik.

Okulda Bayan Suki ile tanışan ilk sınıf olduğumuz için çok heyecanlıydık. İşin kötü tarafı, törenin başlaması için bir milyon saat beklemek zorundaydık. Bayan Suki önce anaokulunu ziyaret edecekti. Sonra beşinci ve altıncı sınıflara gidecekti. Ardından öğretmenlerle öğle yemeği yiyecekti. Bir de çocukların sipariş ettikleri kitapları imzalaması gerekiyordu.

Sonunda tören vakti geldi. Andrea ve Emily o aptal aynalarını da yanlarına almak istediler ama Bayan Daisy izin vermedi. Oh canıma değsin!

Konferans salonuna kadar bir milyon kilometre yürümek zorundaydık. Ama ben bile biraz heyecanlı olduğum için o kadar uzak gelmedi.

Sonunda salona vardığımızda, sahnede bir resim sehpası ve Bayan Suki'nin gizemli kutusunu gördük.

Ben arkadaşlarımla oturmak istiyordum ama Bayan Daisy beni Andrea ve Emily'nin arasına oturttu.

"Erkek kız, erkek, kız," dedi Bayan Daisy. "Şimdi oturun ve arkanıza yaslanın."

Herkes yerine oturduğunda, Bayan Roopy parmaklarıyla "sessizlik" işareti yaptı. Üzerinde yine kuş kıyafeti vardı, kanadının altına da bir tahta parçası sıkıştırmıştı. Annemin mutfakta yiyecekleri doğrarken kullandığı tahtaya benziyordu.

"Herkes heyecanlı mı?" diye sordu Bayan Roopy.

"Evet," diye bağırdı kızlar ve hatta erkekler.

"Bakın burada ne var!" dedi Bayan Roopy görmemiz için tahtayı kaldırarak. Tahtanın önü parlak bir metal kaplıydı ve üzerinde AHUDUDU ÖDÜLÜ yazıyordu.

6

Bayan Suki Sulugözün Teki

"Bayan Suki Kabuki, Korkusuz Doğan kitabı ile bunu kazanmış!" dedi Bayan Roopy. "Ödülü daha dün almış. Bunu benim taşımama izin verdiğine inanamıyorum! Müthiş değil mi?"

"Vay canına!" dedik hepimiz bir ağızdan, bu o kadar müthiş olmasa da.

"Siz çocuklar üç haftadır bu konuşmayı bekliyorsunuz," dedi Bayan Roopy. "Ben de size sonunda ünlü yazar Bayan Suki Kabuki'yi sunmaktan gurur duyuyorum!"

Bayan Suki sahneye çıktığında herkes alkışladı ve tezahürat yaptı. Sonra hepiniz onun söyleyeceklerini duymak için sessizleştik.

"Merhaba! Beni okulunuza davet ettiğiniz için teşekkür..."

O sırada dünya tarihinin en garip şeyi oldu. Bütün alarmlar öyle bir gürültüyle ötmeye başladı ki kulaklarımızı tıkamak zorunda kaldık. Bayan Suki çok korkmuştu.

"YANGIN!" diye bağırdı. "Okul yanıyor! Canını seven kaçsın!" Sonra gizemli kutusuna sarılıp koşarak salondan çıktı.

Bayan Suki ödleğin teki!

Yangın filan çıkmamıştı. Yangın tatbikatıydı sadece. Her kaz kafalı, arada bir alarmları çaldığını ve bunu duyduğumuzda bahçeye koşmak zorunda olduğumuzu bilir.

"Tek sıra olun," dedi Bayan Daisy bize.

Okuldan uygun adım çıktık. Bahçeye çıktığımızda, Bay Klutz etrafta koşuyor, Bayan Suki'yi yakalamaya çalışıyordu. Bütün kızlar rüzgârın saçlarını dağıttığından, Fotoğraf Günü'nde hiç güzel görünmeyeceklerinden yakınıyorlardı.

"Okul gerçekten yansa müthiş olurdu," dedim Ryan ve Michael'a.

"Evet," diyerek onayladı Ryan. "O zaman mısır patlatabilirdik."

Bayan Suki, kucağında gizemli kutusuyla bizim sınıfın yakınında durdu. Bay Klutz da ona yetişti.

"Belki de bugün iyi günümde değilim," dedi Bayan Suki başını iki yana sallayarak.

"Ah, üzülmeyin," dedi Bay Klutz. "Yangın tatbikatının bugün olmaması gerekiyordu. Başka bir terslik olmaz artık."

Alarm yine çaldı, bu yangın tatbikatının sona erdiği anlamına geliyordu. Yeniden konferans salonuna girdik. Bayan Roopy, Bayan Suki'yi bir kez daha sundu.

"Benim için heyecan vericiydi," dedi Bayan Suki. "Beni okulunuza davet ettiğiniz için teşekkür ederim. Kitapları ve okumayı çok severim. Ya siz?"

"Evet!" dedi kızlar.

"Hayır!" dedi oğlanlar.

"Kitaplar sizi farklı dünyalara götürür," dedi Bayan Suki.

"Uzay gemileri de öyle," diye bağırdı biri.

"O kutuda ne var, Bayan Suki?" diye seslendi başka biri. Bayan Roopy ayağa fırlayıp mikrofonu kaptı.

"Lütfen henüz soru sormayın," dedi. "Bayan Suki konuşmasının sonunda sorularınızı cevaplayacak." Mikrofonu yeniden Bayan Suki'ye uzattı.

"Ben Japonya'da küçük bir kızken," dedi Bayan Suki, "annem beni her hafta kütüphaneye götürürdü. Dokuz yaşıma geldiğimde, kütüphanedeki bütün kitapları okumuştum. O zaman büyüyünce çocuk kitapları yazarı olabileceğimi anladım."

“Vay canına!” dedik hepimiz, aslında söyledikleri ilginç olmasa da.

“Küçüklüğümden beri hayvanları sevdim,” dedi Bayan Suki. “Bu yüzden hayvanlarla ilgili öyküler yazıyorum ve hayvan resimleri çiziyorum.”

Bayan Suki resim sehpasındaki kâğıdın üzerine bir kuş çizdi. Çok hızlı çiziyordu. Bayan Suki iyi bir çizer.

"Bu Rappy," dedi resmi tamamlarken. "Kendisi bir yırtıcı kuştur ve benim Korkusuz Doğan adlı kitabımın ana karakteridir."

Sonra Bayan Roopy ışıkları loş hale getirdi. Bayan Suki makinesini açtı ve bize büyük ekranda resimler gösterdi. Bayan Suki'nin yağmur ormanındaki maymunlar, garip kuşlar gibi hayvanlarla çekilmiş resimlerini gördük. Müthişti.

"Size Korkusuz Doğan kitabımdan bir bölüm okuyabilir miyim?" diye sordu Bayan Suki.

"Evet!" diye bağırdık bir ağızdan.

Bayan Suki, Roopy'nin camda kendi yansımasını gördüğü, bunun başka bir yırtıcı kuş olduğunu sandığı, kendisine saldırarak cama çarptığı bölümü okudu. Kuş az kalsın ölüyordu. Çok acıklı bir hikâyeydi ve Bayan Suki okurken insan heyecanlanıyordu.

Sonra acayip bir şey oldu. Bayan Suki ağlamaya başladı. Okumaya devam edemedi. Bayan Roopy ona bir mendil uzattı.

"Ne oldu, Bayan Suki?" diye sordu Emily.

"Size yazdığım mektubu hatırlıyor musunuz?" dedi Bayan Suki gözlerini silerek. "Size büyük bir sürprizim olduğunu söylemiştim. İşte, burada."

Gizemli kutusuna gidip kutunun kapağını açtı. Bil bakalım içinde ne vardı?

Söylemiyorum işte.

Tamam, tamam, söylüyorum. Ama bunun için bir sonraki bölümü okumalısın. Oh, canıma değsin!

7

Yırtıcı Kuş Doğan Müthiş!

Bayan Suki gizemli kutusunu açtı ve kocaman bir kuş çıkardı. Kuş gürültüyle ciyakladı.

"Bu," dedi Bayan Suki, "Rappy. Korkusuz Doğan adlı kitabımın ilham kaynağıdır."

"Vay canına!" dedik bir ağızdan. Bu gerçekten ilginçti!

"Onu camlarla kaplı bir binanın önünde yerde buldum," dedi Bayan Suki. Kuş, parmağına tünemişti. "Rappy, camda yansımasını görmüş ve kendi yansımasına saldırmaya çalışırken cama çarpmış olmalıydı. Anne babası ortalarda yoktu, ben de onu alıp eve götürdüm. Zavallı Rappy, neredeyse ölecekti. Kitap fikri aklıma buradan geldi." Bayan Suki yine ağlamaya başladı.

Etrafıma bakındım. Çocuklardan bazıları da ağlamaklı olmuşlardı. Daha neler artık! Yani, kuş yaşıyordu işte, di mi ama?

Rappy kanatlarını açtı. Böyle yaptığında iyice kocaman oluyordu.

"Cıyk! Cıyk!" diye ciyakladı.

"Ne kadar heybetli," diye fısıldadı, böyle acayip kelimeler kullanarak gösteriş yapmaya bayılan Andrea.

"Ve korkunç!" diye fısıldadı Emily.

"Jurassic Park filminde de yırtıcı kuşlar vardı," diye fısıldadım kızlara. "Bir tanesi, klozette oturan adamın kafasını koparıyordu."

"Emily'yi korkutmaya çalışmaktan vazgeç," diye fısıldadı Andrea.

"Rappy benim bebeğim," dedi Bayan Suki ve Rappy'yi gagasından öptü. "Biricik oğlum. Çok güzel değil mi?"***

Kuşları öpen insanlar bi'acayip!

Bayan Suki bize Rappy'nin tırnaklarının bıçaktan farksız olduğunu söyledi.

"İsterse bir aslanı öldürebilir," dedi Bayan Suki.

"Vay canına!" diye bağırdı Michael. "Yanınızda aslan da mı getirdiniz?"

"Evet," dedi Ryan, "Rappy'nin onu öldürdüğünü görmek istiyoruz!"

"Ah, Rappy zararsızdır," dedi Bayan Suki bize. "Bir karıncayı bile incitemez."

Rappy'nin karıncayı incitmesi umurumda değildi. Ben onun Bayan Suki'nin elinden uçmasından ve gelip kafamı koparmasından korkuyordum.

***Erkekler güzel olamazlar. Ancak yakışıklı olabilirler. Kızlar güzeldir. Özellikle okulumuzun hemşiresi Bayan Cooney gibi kızlar. Ama Andrea gibi kızlar değil.

"Eminim öğrencilerimizden hiçbirine de zarar vermez," dedi Bayan Roopy.

"Yakın zamana kadar doğanların soyunun tehlikede olduğu düşünülüyordu," dedi Bayan Suki. "Bunun ne demek olduğunu bilen var mı?"

Tabii ki Andrea elini kaldırdı. Ne zaman biri bir şey sorsa, elini ilk kaldıran Andrea olur.

"Soyunun tehlikede olması onlardan pek fazla kalmadığı anlamına geliyor," dedi Andrea söz aldığında. Kendiyle gurur duyuyordu. Aman ne büyük iş! Her kaz kafalı bunun ne anlama geldiğini bilir.

"Doğru," dedi Bayan Suki. "1960'larda doğanların nerdeyse nesli tükeniyordu. Bunun ne demek olduğunu bilen var mı?"

Andrea elini kaldırdı ama sanırım Bayan Suki ona bir kez daha söz vermek istemedi. Bunun üzerine ben elimi kaldırdım ve söz aldım.

"Yani güçleri kalmamış," dedim. "Annem de yorulunca bittim tükendim der hep."

Herkes güldü, oysa ben komik bir şey söylememiştim ki.

"Çok güzel cevap, kaz kafalı," diye fısıldadı Andrea.

"Aslında," dedi Bayan Suki, "neslin tükenmesi, o canlı türünden hiç kalmaması demektir. Bu nedenle Rappy'ye çok iyi bakmalıyım."

Bayan Suki onu kutusuna koyarken, Rappy yine deliler gibi ciyakladı. Bayan Suki bize kendisini dinlediğimiz için teşekkür etti.

Şunu söyleyebilirim: Konuşması o kadar da sıkıcı değildi.

8

Saçma Sorular

Hepimiz yine Bayan Suki'yi alkışladık ve tezahürat yaptık. Her konferansın ve törenin sonunda alkışlarsın çünkü bittiği için mutlusundur.

"Harikaydı," dedi Bayan Roopy. "Sorusu olan var mı?"

"Siz harika bir ebediyatçısınız!" diye bağırdı bir çocuk.

"Teşekkür ederim," dedi Bayan Suki. "Ama sanırım edebiyatçı demek istedin.

"Hayvanlara bayılırım!" diye bağırdı başka biri.

"Bunlar soru değil," dedi Bayan Roopy. "Unuttunuz mu, soru ve öykü arasındaki farkı konuşmuştuk."

"Hayvanlara bayılırım!" diyen çocuk yeniden elini kaldırdı. Bayan Suki ona konuşması için bir fırsat daha verdi.

"Hayvanlara bayıldığımı biliyor muydunuz?" diye sordu çocuk.

"Bilmiyordum," dedi Bayan Suki.

"İmzanızı alabilir miyim?" diye bağırdı biri.

"Aslında kütüphanede dört yüz kitap imzaladım," dedi Bayan Suki. "Çok yoruldum."

"Pekâlâ!" dedim. "İmza verecek!"

"Alçımı imzalar mısınız?" diye bağırdı bir çocuk.

"Tişörtümü imzalar mısınız?"

"Kafamı imzalar mısınız?"

Bayan Roopy ayağa fırladı ve bize Bayan

Suki'nin sadece soruları cevaplayacağını, imza dağıtacak kadar vaktinin olmadığını söyledi. Bunun üzerine herkes elini havada sallamaya başladı.

"En sevdiğiniz renk nedir?"

"En sevdiğiniz yemek nedir?"

"Hangi takımı tutuyorsunuz?"

"En çok neli dondurma seversiniz?"

"En sevdiğiniz televizyon programı hangisi?"

Bayan Suki soruları cevaplamaktan yorulmuş gibiydi. Ama eğer sorularımız biterse, matematik dersine girmek zorunda kalacaktık. Bu yüzden herkes sorular sormaya devam etti.

"Bizimle ilgili bir kitap yazacak mısınız?"

"Buraya limuzinle mi geldiniz?"

"Tuvalete gidebilir miyim?"

"Fotoğraflarımız ne zaman çekilecek?"

"Ne kadar para kazanıyorsunuz?"

"Kaç yaşındasınız?"

Bayan Roopy eliyle alnına vurdu.

"Sizce kaç yaşındayım?" diye sordu Bayan Suki, ellerini kalçalarına koyarak.

"Seksen?" diye tahminde bulundu biri.

Bayan Suki çok öfkelenmiş gibiydi. Bayan Roopy hemen araya girip bize başka soru için zaman kalmadığını söyledi.

"Kırk yaşındayım!" dedi Bayan Suki, biz konferans salonundan çıkarken. Yüzünde kötü bir ifade vardı. Sanırım sorulardan pek hoşlanmamıştı.

9

Sihirli Sözcük Nedir?

Konferanstan sonra Bayan Daisy'nin sınıfına gittik. Neredeyse fotoğraf çektirmek üzere spor salonuna çağrılma vaktimiz gelmişti. Andrea ve Emily küçük aynalarını çıkardılar ve saçlarını düzeltmeye başladılar. Saçlarını en son düzeltmelerinin üzerinden tam bir saat geçmişti, bu yüzden düzeltilmesi gereken çok saçları olmalıydı.

O sırada bilin bakalım kim kafasını kapıdan içeri uzattı?

Daha doğrusu kimler?

Bayan Roopy ve Bayan Suki!

Bayan Roopy'nin elinde bir yığın kitap ve Ahududu ödülü vardı. Bayan Suki, Rappy'nin gizemli kutusunu çekiyordu.

"İmzalı kitaplarımız var," dedi Bayan Roopy kitapları uzatırken. Andrea, Bayan Suki'nin kitaplarının hepsinden aldı. Ben bir kitap bile almadım. Kitaplar sıkıcıdır. Üstelik sipariş formu hâlâ çantamdaydı çünkü annemle babama vermeyi unutmuştum.

"Hiç Dr. Seuss kitabı yazdınız mı?" diye sordum Bayan Suki'ye.

"Sanırım onları Dr. Seuss yazdı," dedi.

"Bence birkaç Dr. Seuss kitabı yazmalısınız," diye önerdim. "Müthiş kitaplar."

"Bunu düşüneceğim," dedi Bayan Suki.

"Dr. Seuss'un gerçek doktor olmadığı halde kendisine doktor demesine nasıl izin vermişler?" diye sordum.

"Bunu kendisine sorman gerek," diye karşılık verdi Bayan Suki.

"Yapamam," dedim. "Ölmüş."

"Peynir sever misiniz?" diye sordu Ryan.

"Pek değil," dedi Bayan Suki.

"Benim imza defterimi imzalar mısınız?" diye sordu Emily.

"Ah, tamam," dedi Bayan Suki.

"Kuzenlerim için on imza alabilir miyim?" diye sordu Michael.

Bayan Suki pek mutlu görünmüyordu.

Ama Michael'ın ona verdiği kâğıt parçalarını imzalamaya başladı.

"Penguenlerle ilgili bir kitap yazmalısınız," diye önerdim. "Penguenler müthiş."

"En sevdiğiniz peynir hangisi?" diye sordu Ryan.

Bayan Suki sınıftan çıkmak üzereyken, Bay Klutz hoparlörden bir duyuru yaptı.

"Bayan Daisy'nin sınıfı, lütfen footğraflarınızın çekilmesi için spor salonuna gelin."

O anda aklıma dünya tarihinin en harika fikri geldi.

"Siz de bizim sınıf fotoğrafımıza katılır mısınız, Bayan Suki?" diye sordum.

"Lütfen! Lütfen! Lütfen!" diye bağırıyordu herkes bir ağızdan. Bir milyon kez lütfen dedik. Eğer bir yetişkinden bir şey istiyorsan, bunun için tekrar tekrar lütfen de. Bunu ne kadar söylersen, evet deme olasılıkları o kadar yüksek olur. Çocuk olmanın birinci kuralı budur.

"Peki, tamam," dedi Bayan Suki.

"Yaşasın!"

Gördün mü? Tek yapman gereken saçma sözcüğü söylemek, o zaman istediğini elde edebilirsin. Kurnazca!

10

Peynir Deyin!

Bayan Suki ile birlikte spor salonuna gittik. Bayan Roopy, Ahududu Ödülü'nü de getirmişti.

"Bayan Suki, ben bütün kitaplarınızı okudum," dedi büyüklere yağcılık yapma fırsatını hiç kaçırmayan Andrea. "Ve bir sorum var."

"Nedir?"

"Canı Sıkılan Gergedan'da, Gergedan Gerard'ın öğle yemeğinde balık yediğini söylemiştiniz. Ama ben ansiklopediye baktım ve gergedanların vejetaryen olduğunu gördüm."

"Hayvan doktoru mu yani?" diye sordum.

"Hayır, kaz kafalı," dedi Andrea. "O veteriner. Vejetaryen, et yemeyen demek. Gergedanlar vejetaryenler, yani gergedan balık yemez."

"Yer," dedim.

"Yemez," dedi Andrea.

Bir süre böyle tartıştık. Sonunda aklıma tartışmayı kazanmak için dahice bir fikir geldi.

"Tıp fakültesine giden bir gergedan veteriner olabilir," dedim. "Veterinerler de et yiyebilirler. İşte o kadar!"

Oh canıma değsin!Ne kadar akıllıyım! Beni ayrıcalıklı yetenek programına almış olmalarına şaşırmamak lazım.

"Doğru mu?" diye sordu Bayan Suki. Morali bozulmuş gibiydi. "Gergedanlar vejetaryen mi? Bu benim bütün öykümü mahvediyor!"

Sonra Bayan Suki yeniden ağlamaya başladı. Of, ne derdi var acaba? Bu kadın Emily'den bile çok ağlıyor.

Spor salonuna girdiğimizde, fotoğrafçı bizi alfabetik sıraya dizdi. Kızlar deliler gibi saçlarını tarıyorlar, bilezikler, kolyeler, küpeler ve kızlara göre başka şeyler takıyorlardı. Kızların kulaklarına delik açtırdıklarına ve her yerlerine Noel ağacı gibi süsler taktıklarına inanamıyorum. Ne anlamı var ki?

"Annem fotoğrafımı buzdolabının üzerine asacağını söyledi," dedi Andrea.

"Fotoğraf makinesinin üzerine yemek koyuyor muymuş ki?" diye sordum.

"Gol!" dedi Ryan.

fotoğraflarımız çekilirken, diğer oğlanlar ve ben suratlarımızı komik şekillere soktuk. Ama fotoğrafçı çok öfkelendi ve her şeyi bize baştan yaptırdı.

Sonunda sınıf fotoğrafının çekilme vakti geldi. Fotoğrafçı bizi üç sıra halinde dizdi. Ben Emily'nin yanında durmak zorundaydım. Bayan Daisy, arka sırada sol tarafta duruyordu. Bayan Suki ise sağda durmuştu.

"Hey, Rappy de resme girebilir mi?" diye sordum. "Müthiş olur."

"Rappy uzun bir gün geçirdi," diye karşılık verdi Bayan Suki. "Bence dinlenmesi gerek."

"Lütfen? Lütfen? Lütfen? Lütfen? Lütfen? Lütfen? Lütfen? Lütfen? Lütfen? Lütfen?

"Peki, tamam," dedi Bayan Suki.

Söylüyorum sana, her zaman işe yarıyor.

Bayan Suki, Rappy'yi gizemli kutusundan çıkardı ve parmağının üzerine kondurdu. Rappy başını ağır ağır çevirip herkese baktı. Çok müthiş, biraz da korkutucu görünüyordu. Sanki bir şeyler, yiyecek bir şeyler arar gibiydi. Spor salonunda hiç güvercin ya da ördek olmadığı için sevindim.

"Endişelenmeyin," dedi Bayan Suki. "Rappy karıncayı bile incitmez."

Emily son bir kez saçlarını düzeltmek için küçük aynasını çıkardı.

"Pekâlâ," dedi fotoğrafçı. "Herkes hazır mı? 'Peynir' deyin!"

O sırada dünya tarihinin en şaşırtıcı şeyi oldu. Rappy, Emily'nin aynasında kendi yansımasını görmüş olmalıydı. Biz ne olduğunu anlayamadan, kuş Bayan Suki'nin parmağından saatte iki yüz mil hızla uçtu! Doğruca Emily'nin üzerine gidiyordu!

11

Küçücük Bir Sorun

Emily aynaya bakıyordu. Rappy'nin kendisine doğru uçtuğunu görmemişti.

"Dikkat!" diye bağırdı herkes. Ama artık çok geçti. Rappy, Emily'ye çarptı! Emily düştü. Deli gibi bağırıyordu!"

"AYYYYYYYYYYYYYYYY!" diye ciyakladı. "Yırtıcı kuş bana saldırdı!"

Rappy de çıldırmış gibiydi. Havalandı ve salonda çılgınca uçmaya başladı. Herkes bağırmaya ve kafasını korumaya başladı.

"Yırtıcı kuş saldırıya geçti!" diye bağırdı Ryan.

"Biri doktor çağırsın!" dedi fotoğrafçı.

"Dr. Seuss'a ne dersiniz?" diye önerdim.

"Emily, Bayan Cooney'nin odasına git!" diye bağırdı Bayan Daisy. "Hemen!"

Rappy oraya buraya çarparak uçuyordu. Emily ağlıyordu ve ilk kez onu bu yüzden suçlayamazdım. Eğer çılgın bir yırtıcı kuş bana saldırsaydı, ben de ağlardım. Emily yerde emekleyerek spor salonundan çıktı, Rappy'nin ona bir kez daha saldırmasını istemiyordu.

"Çok vahşi!" diye bağırdı Michael. "Jilet gibi keskin tırnaklarını kullanacak ve etimizi parçalayacak!"

"Korktu sadece!" dedi Bayan Suki. "Rappy bir karıncayı bile incitmez."

"Emily'yi incitti ama!" diye bağırdı Andrea.

Bayan Suki de bağırıyordu. "Onu kışkırtmayın!" (Bunun ne anlama geldiğini bilmiyordum ama belki Andrea biliyordur.)

"Bayan Lazar'ı çağırın!" diye bağırdı Bayan Daisy. Bayan Lazar okulun temizlik görevlisi, kendisi her sorunu çözebilir.

Bayan Lazar, o sırada koridoru yarılamış olmalıydı, çünkü bir saniye sonra spor salonunun kapısından içeri daldı. Elinde bir tuvalet fırçası vardı.

"Burada yırtıcı bir kuş var," dedi Bayan Daisy.

"Onu öldürmemi mi istiyorsunuz?" diye sordu Bayan Lazar. Elindeki tuvalet fırçasıyla Rappy'yi öldürmeye hazırlanır gibiydi.

"HAYIR" diye bağırdı Bayan Suki. "Zaten soyu tükenmek üzere!"

"Benim bir fikrim var," dedi Bayan Lazar. "Tuvalet fırçalarından bir kafes yapabilirim. Kuşu oraya hapsedebiliriz. Böylece hiç kaçamaz."

Bayan Lazar bi'acayip. Bodrumdaki gizli malzeme odası tuvalet fırçalarıyla dolu.

Bay Klutz, kel kafasıyla koşarak spor salonuna geldi.

"Sorun nedir?" diye sordu.

"Doğan, Emily'ye saldırdı!" dedi Bayan Daisy.

"Herkes sakin olsun!" dedi Bay Klutz. "Ben meseleyle ilgilenirim. Hayvanların nasıl idare edileceğini bilirim. Gençken hayvanat bahçesinde çalışıyordum."

"Lütfen Rappy'nin canını yakmayın," diye yalvardı Bayan Suki. "Bebeğim o benim."

"Bana bırakın," dedi Bay Klutz. "Nerede o?"

"YUKARIDA!" diye bağırdık bir ağızdan.

Bay Klutz başını kaldırıp baktı. Rappy'nin tavana yakın döne döne uçtuğunu görünce, çığlık attı.

"Çabuk!" diye bağırdı. "Bana bir havlu getirin!"

"Yırtıcı kuşu havluya mu hapsedeceksiniz?" diye sordu Bayan Daisy, havlu getirmek için dolaba koşarken.

"Hayır," dedi Bay Klutz. "Beni gagalamasın diye başıma saracağım."

Bu akıllıcaydı. Ne de olsa Bay Klutz'un kafası dazlaktı. Hatta o kadar parlaktı ki Rappy onun kafasında kendi yansımasını görüp saldırıya geçebilirdi.

Bayan Daisy elinde bir havluyla koşarak geri döndü. Bay Klutz havluyu kel kafasına sardı. Sonra beden eğitimi öğretmenimiz Bayan Small koşarak geldi. Elinde bir kaleci eldiveni, göğüs koruyucu gibi malzemeler vardı.

"Alın," dedi. "Bunları takın."

"İyi fikir," dedi Bay Klutz ve söyleneni yaptı. Kafasında havluyla çok komik görünüyordu.

"Kuşu tavandan nasıl indireceksiniz?" diye sordu Bayan Small.

"Bana aynayı verin," diye buyurdu Bay Klutz. "Aynayı beysbol eldivenine koyacağım. Kuş, aynada yansımasını görecek ve bunun düşmanı olduğunu sanacak. Doğruca eldivene uçacak, ben de onu yakalayacağım.""

Bay Klutz bu dahice fikriyle

Nobel ödülü almalıydı. Çocuk olsa kesin ayrıcalıklı yetenek programına dahil olurdu.

Bayan Small, Emily'nin aynasını aldı ve Bay Klutz'a uzattı.

"Ya Rappy eldiveni ıskalarsa?" diye sordu Andrea. "Doğanların çok uzun ve jilet gibi keskin tırnakları var. Etleri parçalayabiliyorlar. Bir aslanı bile öldürebilirmiş!"

Bay Klutz, Bayan Suki'nin Ahududu ödülünü aldı ve kalkan gibi önünde tuttu.

"Bu beni korur," dedi.

O sırada bil bakalım kapıdan içeri kim girdi?

Söylemiyorum işte.

Tamam, tamam, söylüyorum.

Milli Eğitim Bakanı Dr. Carbles!

12

Yazar Ziyaretleri Eğlencelidir!

"Özür dilerim, konferansı kaçırdım," dedi Bay Carbles. "Burada neler oluyor, Bay Klutz? Neden öyle acayip bir kostüm giydiniz? Neden bu okulu her ziyaret ettiğimde garip şeyler oluyor?"

"Önemli bir mesele değil, efendim," dedi Bay Klutz. "Sadece yırtıcı bir kuşla, yani bir doğanla ilgili küçük bir sorun."

"Yırtıcı kuş mu?" diye bağırdı Bay Carbles. "Jurassic Park'ta bir adamın kafasını koparan kuş gibi mi?"

"Dikkatli olun!" diye yalvardı Bayan Suki. "Benim bebeğim o!"

"Siz bir doğan mı dünyaya getirdiniz?" diye sordu Bay Carbles.

O sırada Rappy tavandan indi ve yine spor salonunda tur atmaya başladı. Herkes bağırarak çömeliyordu.

"Geride durun!" diye bağırdı Bay Klutz ve kuşun dikkatini çekmek için beysbol eldivenini salladı. "Gel, Rappy! Uslu ol! Babana gel!"

Galiba Bay Klutz eldiveni biraz fazla hızlı sallıyordu. Çünkü o eldiveni sallarken, Emily'nin aynası fırladı. Ayna yere çarptı ve bir milyon parçaya ayrıldı!

"Ah, olamaz!" diye bağırdı herkes.

Bay Klutz, Bayan Suki'ye baktı. Bayan Suk, Bayan Daisy'ye baktı. Bayan Daisy, Bayan Roop'ye baktı. Bayan Roopy fotoğrafçıya baktı. Herkes birbirine bakıyordu.

Birden Rappy gerçekten çıldırdı ve spor sa-

lonunda daha da hızlı uçmaya başladı. Sonra Ahududu Ödülü'nün üzerinde parlak harfleri fark etmiş olacak ki, Bay Klutz'a doğru uçmaya başladı.

Bay Klutz ne yapacağını bilemedi! Ne diyeceğini de bilemedi! Hızlı düşünmek zorundaydı.

Tam Rappy ona çarpmadan önce, Bay Klutz Ahududu Ödülü'nü havaya kaldırdı.

Bam!

Rappy ödüle çarptı ve ödülü ikiye böldü. Of, canı yanmış olmalıydı! Anında yere indi. Müthişti! Tam fotoğraflık bir andı. Neyse ki fotoğrafçı sürekli fotoğraf çekiyordu.

"Yaşasın, Bay Klutz!" diye bağırdık.

Herkes tezahürat yapıyordu. Yani Bayan Suki dışında herkes. Bayan Suki dizlerinin üstüne çökmüştü, ağlıyordu. Rappy de hiç mutlu görünmüyordu. Hatta ölmüş bile olabilirdi. Yerde, ayakları havada yatıyordu.

"Bay Klutz bir taşla iki kuş vurmak derken bunu mu kastediyordu?" diye sordu Ryan.

"Öldü!" diye ağladı Bayan Suki. "Bebeğimi öldürdünüz!"

"Ölmedi," diyerek onu rahatlatmaya çalıştı Bay Klutz. "Sadece... dinleniyor."

"Yani Rappy'nin soyu hâlâ tehlikede mi?" diye sordu Michael. "Yoksa nesli mi tükendi?"

"Bilmiyorum," dedim. "Bence iyi."

"Siz canavarsınız!" diye bağırdı Bayan Suki, Rappy'yi yerden alarak. "Bu, hayatımın en kötü günü!"

Sonra ağlayarak spor salonundan çıktı. Ahududu ödülünün parçalarını bile almamıştı yanına.

"Yani şimdi imza dağıtmayacak mısınız?" diye sordum Bayan Suki'ye. Ama beni duyduğunu sanmıyorum. Çoktan gözden kaybolmuştu.

Ben yine de Bayan Suki'nin ziyaretinin müthiş olduğunu düşünüyordum. Özellikle Rappy'nin çıldırıp Emily'ye saldırması müthişti. Sonuçta ünlü bir yazarla tanışmıştık, hepimiz Bay Klutz'u beysbolcu kıyafetleriyle, kafasına bir havlu sarılmış halde görmüştük. Ama işin en güzel tarafı, matematik dersi iptal olmuştu.

Düşünüyordum da, Bayan Suki Ahududu Ödülünü cama çarpan ve az kalsın ölecek olan bir doğanla ilgili yazdığı hikâyeyle. Sonra aynı doğan, Ahududu ödülüne çarpmıştı ve az kalsın ölüyordu! Bence öykünün anafikri şu: Okula asla bir doğan getirmemelisiniz. Ya da Ahududu ödülü.

Belki Bayan Suki, doğanı iyileştirmeyi başarır. Belki Bayan Cooney, Emily'yi iyileştirmeyi başarır.. Belki Andrea ve Emily sürekli aynada kendilerine bakmaktan vazgeçerler çünkü sana ne zaman çılgın bir yırtıcı kuşun saldıracağını asla bilemezsin. Belki Bay

Klutz ile konuşup ondan gelecek yıl da okulumuza bir yazar davet etmesini istemeliyiz.

Ama hiç kolay olmayacak!

Bizim Okul Bi' Acayip!

BAYAN YONKERS / BİLGİSAYAR DELİSİ

Orijinal Adı: My Weird School / Mrs. Yonkers is Bonkers!
Yazarı: Dan Gutman
Genel Yayın Yönetmeni: Meltem Erkmen
Çeviri: Andaç Oral
Düzenleme: Gülen Işık

Resimleyen: Jim Paillot
Kapak Uygulama: Berna Özbek Keleş

3. Baskı: Şubat 2017

ISBN: 978 9944 82-975-5

YAYINEVİ SERTİFİKA NO: 34590

Basım ve Cilt: GD Ofset
Atatürk Bulvarı, Deposite İş Merkezi,
A5 Blok, 4. Kat, No: 407
İkitelli OSB, Başakşehir / İstanbul
Tel: (0212) 671 91 00 Faks: (0212) 671 91 90
Sertifika No: 32211

Yayımlayan:
Epsilon Yayınevi Ticaret ve Sanayi A.Ş.
Osmanlı Sk. Osmanlı İş Merkezi 18/ 4-5 Taksim / İstanbul
Tel: 0212.252 38 21 Faks: 252 63 98
İnternet adresi: www.epsilonyayinevi.com
e-mail: epsilon@epsilonyayinevi.com

Bizim Okul Bi'Acayip!

BAYAN YONKERS
BİLGİSAYAR DELİSİ!

epsilon®

Öğle Yemeği
Balık
Pizza
A.J.
Duygular
Gülümse
Dokun
emiLY
RYAN
LIBERTY

Bilet
andrea
Patates Gücü
MicHAeL
A+

İçindekiler

Math

1

Kafamdaki Bilgisayar

Benim adım A.J. ve okuldan nefret ediyorum.

Ne olsa müthiş olurdu biliyor musun? Okulda bir şeyler öğrenmek yerine, kafalarımızın içine yerleştirilmiş bilgisayarlar olabilirdi. Matematik, sosyal bilgiler, okuma yazılımları ve öğretmenlerin bilmemizi istediği diğer şeylerin yazılımları olurdu. Kafanın içinde o anda ihtiyaç duyduğun yazılımı açardın. Böylece okula gitmek zorunda kalmazdık! *

Düşünsene. Kafalarımızın içinde bilgisa-

*Aşağıda ne arıyorsun ki? Öykü yukarıda, şaşkın!

yarlar olsaydı, canımızın istediği şeyleri yaparak daha çok zaman geçirebilirdik. Maç yapardık, bilgisayar oyunu oynardık, sinemaya giderdik, abur cubur yerdik. Müthiş olurdu. Ben o bilgisayarlardan hemen alırdım. Ama galiba birileri kafamızın içine yerleştirilecek bir bilgisayar icat edene kadar, okula gitmeye devam etmek zorundayız. Pof!

Tam Bayan Daisy'nin sınıfında çember zamanını bitirmiştik ki, Bay Klutz içeri girdi. Kendisi okulumuzun müdürü ve pek saçı yok. Yani hiç saçı yok. Şapkalar kafasından kayıp düşüyor olmalı çünkü onları tutacak hiçbir şey yok.

"Ziyaretinizi neye borçluyuz, Bay Klutz?" diye sordu Bayan Daisy. (Bu, yetişkin dilinde, "Burada ne arıyorsun?" anlamına geliyor.)

"Yeni bir şaka denemek istedim," dedi Bay Klutz.

Ah olamaz! Bay Klutz dünya tarihinin en kötü şakalarını yapar. **

**Yine aşağıya baktığına inanamıyorum!

"Üç kere arka arkaya tekrarlandığında anlamlı bir cümle oluşturan sözcük nedir?" diye sordu Bay Klutz.

"Nedir?" diye bağırdık bir ağızdan.

"Müdür!" dedi Bay Klutz. "Müdür, müdür müdür? Anladınız mı?"

Sonra eğilip dizlerine vurarak gülmeye başladı. İyi de bu bir şaka bile değildi ki. Yine de biz de güldük. Müdürün yaptığı şakalara, hiç komik olmasalar bile, gülmek gerekir. Çocuk olmanın birinci kuralı budur.

"Neyse," dedi Bay Klutz, ciddi olmamız gerektiğini anlamamız için ciddi bir yüz ifadesi takınarak. "Sizinle bir konuda konuşmam gerek. Milli Eğitim Bakanı Dr. Carbles, okulumuzu 21. yüzyıla taşımamızı istiyor"

"Müthiş!" diye bağırdım. "Zamanda yolculuk edeceğiz yani!" ***

***Zamanda yolculuk etmek müthiş olurdu. Ben zamanda yolculuk edebilseydim, artık okula gitmek zorunda olmadığım geleceğe gitmek isterdim.

“Zaten 21. yüzyıldayız, Arlo,” dedi kıvırcık kahverengi saçları olan sinir bozucu kız Andrea. Kendisi bana gerçek adımla sesleniyor, çünkü bundan nefret ettiğimi biliyor.

“Biliyorum,” dedim, aslında bilmediğim halde. Sadece Andrea gibi bir çokbilmiş yüz-

yılın sayısını bilir. Bu kızın derdi ne acaba? Kim yüzyılları sayar ki?

"Okulumuzu 21. yüzyıla nasıl taşıyacağız, Bay Klutz?" diye sordu Andrea'nın sulugöz arkadaşı Emily. Emily'nin gelinciklere alerjisi var.

"Burayı güzelleştireceğiz," diye karşılık verdi Bay Klutz. "Yeni malzemeler alacağız. Bir güvenlik görevlimiz, bilgisayar laboratuvarımız, bilgisayar öğretmenimiz olacak. Hatta bilgisayar öğretmenimiz şu anda dışarıda. Bayan Yonkers ile tanışmak ister misiniz?"

"Evet!" dedi bütün kızlar.

"Hayır!" dedi bütün erkekler.

Bay Klutz koridora çıktı ve yanında bir kadınla geri döndü. Kadının kafasında ne olduğunu bir milyon yıl düşünsen bulamazsın.

Söylemiyorum işte.

Tamam, tamam, söylüyorum. Ama bunun için bir sonraki bölümü okumak zorundasın. Oh, canıma değsin!

2

Şekere Veda Edin

Bayan Yonkers gerçekten acayip görünüyordu. Üzerinde puanlı bir etek, kafasında da peynire benzeyen bir şey vardı.

"N'aber?" dedi bize.

Öğretmenlerin bize "N'aber" demesine pek alışkın değiliz.

"Gençliğimde," dedi Bay Klutz, "bilgisayarlarla aram çok iyiydi. Ama Bayan Yonkers bir bilgisayar uzmanı. Çocuklar bu derste ne öğrenecekler, Bayan Yonkers?"

"Neler neler," dedi Bayan Yonkers ellerini

çırparak. "Kendi web sitelerimizi yapacağız, bilgisayarda sanatsal çalışmalar, müzik çalışmaları yapacağız, oyunlar bile oynayacağız. Size kendi icatlarımı da göstereceğim. Kafamın içinde bir sürü fikir dönüp duruyor!"

"Eğlenceli görünüyor, değil mi?" diye sordu Bay Klutz.

"Evet!" dedi bütün kızlar.

"Hayır!" dedi bütün erkekler.

Aslında gerçekten de eğlenceli görünüyordu. Ben sadece büyükler evet cevabı almaya çalışırken hayır demeyi seviyorum.

"Şakalar üreten bir bilgisayar programı olmaması ne kötü,"

dedi Bay Klutz. "Ben öyle bir program kullanabilirdim."

"Bunun üzerinde çalışacağım," dedi Bayan Yonkers. "Bu öğleden sonra siz öğrencilerle bilgisayar laboratuvarında toplanacağız. Ama ben gitmeden önce sorusu olan var mı?"

"Neden kafanızda peynir parçasına benzer bir şey var?" diye sordu her şeyi, hatta yiyecek olmayan şeyleri bile yiyen arkadaşım Ryan.

"Çok değişik ve eğlenceli değil mi? Bunu internetten sipariş edip getirttim. Başka sorusu olan var mı?"

"Siz bir bilgisayar delisi misiniz?" diye sordu, ayakkabılarını hiç bağlamayan arkadaşım Michael.

"Pek kibar bir soru değil bu, Michael," dedi Bayan Daisy.

Ama Bayan Yonkers umursamadı. Kazağını kaldırdı ve bize altındaki tişörtü gösterdi. Üzerinde "Ben bir bilgisayar delisiyim" yazıyordu.

"Yüksek sesle söyleyin!" dedi. "Ben bir bilgisayar delisiyim ve bununla gurur duyuyorum."

Bayan Yonkers bi'acayip.

Birkaç dakika sonra, Bay Klutz ve Bayan Yonkers sınıftan çıktılar. Sonra içeri kim girdi bil bakalım?

Okulumuzun hemşiresi Bayan Cooney! Bayan Cooney'in pamuk şeker gibi gözleri

var, o kadar güzel ki. Bir süre önce benimle evlenmek istedi ama ben olmaz dedim, çünkü kendisi Bay Cooney adında bir adamla evli.

"Ziyaretinizi neye borçluyuz, Bayan Cooney?" diye sordu Bayan Daisy.

"Bay Klutz, benden okulumuzu 21. yüzyıla taşımamıza yardım etmemi istedi," dedi Bayan Cooney.

"Bunu nasıl yapacaksınız?" diye sordu Bayan Daisy.

"Bugünlerde en önemli sorunlardan biri, birçok çocuğun obez olması," dedi Bayan Cooney.

"Birçok çocuğun ne olması?" diye sordum.

"Obez, şişman demek Arlo," dedi Andrea.

"Sen kendine bak!" dedim ona.

Andrea, obez kelimesinin anlamına ansiklopediden bakmış olmalıydı. Ansiklopedi sürekli masasının üstünde duruyor. Andrea sözcükleri oradan bulup herkese ne kadar akıllı olduğunu gösteriyor. Ondan nefret ediyorum.

Bayan Cooney bize çocukların daha fazla sebze ve diğer lezzetsiz şeyler yemeleri gerektiğini söyledi.

"Şeker ve tatlılar dişlerinizi çürütür ve zihninizi bulanıklaştırır," dedi Bayan Cooney. "Bir kutu gazozun içinde dokuz çay kaşığı şeker olduğunu biliyor muydunuz? Bunlara boşuna zararlı demiyorlar."

"Neden zararlı peki?" diye sordum.

"Çünkü çok şeker var!" dedi Bayan Cooney.

Yine anlamamıştım ama neyse.

"Öğrencilerimizin daha az gazoz içip daha az abur cubur yemelerini nasıl sağlayacağız peki?" diye sordu Bayan Cooney.

"Bunu sormanıza sevindim," dedi Bayan Cooney. Üzerinde ŞEKERE VEDA EDİN yazan bir poster çıkardı. "Yarından itibaren bu okulda gazoz ve abur cubur yasak."

NE??????????????????????????

Doğru mu duydum? Gazoz yok? Şeker yok?

Birden herkes konuşup fısıldaşmaya başladı.

"Şaka yapıyor olmalılar!" dedi Michael. "Abur cubursuz ölürüm ben."

"Hayat korkunç olacak," dedi giysileri olduğu halde çıplak çocuk dediğimiz Mel.

"Ulusal Şiir Ayı'ndan bile kötü," dedi Ryan.

"Televizyonları Kapatın Haftası'ndan bile kötü!" dedim.

"Siz oğlanlar çok komiksiniz," dedi Andrea. "Bence Şekere Veda Edin fikri harika bir fikir. Benim en sevdiğim yiyecekler sebzeli tavuk, taze meyve ve soya fasulyesi."****

"Daha sıkıcı olabilir miydin acaba?" diye sordum ona.

"Daha az abur cubur yemeğe başladığınızda kendinizi çok daha iyi hissedeceksiniz," dedi Bayan Cooney.

"Bunun yerine sebzeden vazgeçsek?" diye önerdim.

"Arlo, sen sebzelerin tadını bile bilmiyorsundur eminim," dedi Andrea.

"Biliyorum," dedim. "Bazılarının tadına baktım ve hemen tükürdüm."

**** Sana aşağı bakma demedim mi?

Bizim sokakta yaşayan arkadaşım Billy, çok fazla sebze yersem sebzejit adında bir hastalığa yakalanacağımı söylemişti. Bu yüzden öyle şeylerden uzak duruyorum. Üstelik yeşil acayip bir renk. Sümükle aynı renk. İnsan yeşil şeyleri yememeli. Çocuk olmanın birinci kuralı bu.

"Şekere Veda Edin" meselesi yüzünden canım o kadar sıkkındı ki, dikkatimi sosyal bilgilere, matematiğe, okumaya ve fen bilgisine veremedim. Bayan Daisy, Bayan Yonkers ile ders yapmak için bilgisayar laboratuvarına gitme vaktinin geldiğini söylediğinde bile heyecanlanmadım. Aklım gazoz ve abur cuburdaydı.

Bilgisayar laboratuvarına kadar bir milyon kilometre yürümemiz gerekti. Burası otoparkın arka tarafında, koruya yakın bir yerde duran bir karavandı.

Karavana çıkan rampaya tırmandık.

Kapıyı açtık.

Orada gördüklerimize inanamazsın.

3

Emily Dev Bir Hamster

Elbette bilgisayar laboratuvarında bir sürü bilgisayar vardı! Bilgisayar laboratuvarında başka ne görmeyi bekliyordun ki dostum? Çok komiksin!

Ama laboratuvarda başka bir şey daha vardı. Bu bir çarktı, hani şu hamster kafeslerinde gördüğümüz çarklardan. Ama bu kocamandı!

"N'aber?" dedi Bayan Yonkers, biz kapıyı açtığımızda. Bu kez başında o peynir gibi şey yoktu. Bunun yerine eşofman giymiş ve kovboy şapkası takmıştı.

"Vay canına!" dedim. "Amma kocaman bir çark!"

"Teksas'ta her şey daha büyüktür," dedi Bayan Yonkers.

"Ne işe yarıyor?" diye sordu Emily.

"Elektrik üretiyor. Ben bu çarkın içinde koştuğumda, bilgisayara güç veriyor."

"Neden bilgisayarın fişini duvardaki prize takmıyorsunuz?" diye sordu çıplak çocuk Mel.

"Enerji tasarrufu için," dedi Bayan Yonkers. "Böylece daha az yağ yakıyorsunuz ve elektrik faturaları daha az oluyor. Üstelik egzersiz yapmış oluyorum. Çok kârlı!"

"Müthiş!" dedik hepimiz.

Bayan Yonkers bize sorunları çözmek için teknolojiyi kullanmayı sevdiğini söyledi. Kendi bilgisayar şirketini bile kurduğunu açıkladı.

Bayan Yonkers bize bir okuma kaskı, gece görüşü için gözlükler ve icat ettiği diğer ilginç şeyleri gösterdi.

"Burada şirketimin kurucu üyelerinden biri var," dedi, kafesten kocaman bir kaplumbağa çıkararak. "Bu benim arkadaşım Hızlı."

"Çok sevimli," dedi büyüklere yağcılık yapma fırsatını hiç kaçırmayan Andrea.

"Sırtındaki şey ne?" diye sordu Ryan.

"Küçük bir kamera," dedi Bay Yonkers. "Ben buna Kaplumbağa Kam diyorum. Hız-

lı odada hareket ettikçe, onun ilerlemesini web sitemden takip edebiliyoruz."

"Nasıl çalıştığını görebilir miyiz?" diye sordu Michael.

"Hâlâ üzerinde çalışıyorum aslında," dedi Bayan Yonkers.

"Lütfen? Lütfen? Lütfen? Lütfen?" diye yalvardı herkes.

Eğer bir yetişkinden bir şey istiyorsanız, yapmanız gereken tek şey o artık dayanamayacak hale gelene kadar "Lütfen!" demek. Çocuk olmanın birinci kuralı bu.

"Peki... tamam," dedi Bayan Yonkers, Hızlı'yı yere bırakarak. "Kim bilgisayarı açmak için çarkı döndürmek ister?"

"Ben! Ben! Ben!" diye bağırdı herkes.

Bayan Yonkers o piti piti yaptı. Sonunda şanslı kişi Emily oldu.

Emily çarkın içine girdi ve koşmaya başladı. Çark döndü ama bilgisayar çalışmadı çünkü Emily kaplumbağa Hızlı kadar hızlı koşamıyordu.

"Daha hızlı, Emily, daha hızlı!" diye bağırdık hepimiz.

Emily daha hızlı koştukça, bilgisayar ekranı titreşmeye başladı. Hızlı, odada dolaşıyordu ve biz onun baktığı şeyin görüntüsünü görebiliyorduk. Kaplumbağa Kam müthişti.

"Daha hızlı!" diye bağırdık. "Daha hızlı!"

Emily elinden geldiğince hızlı koşuyordu. Çark artık iyice hızlı dönmeye başlamıştı ve çok gürültü yapıyordu. Hızlı, çarkın önüne doğru yürüdü. O anda dünya tarihinin en acayip şeyi oldu.

Çarkı tutan vidalar filan gevşemiş olmalıydı. Çark yuvarlanmaya başladı.

Duvara doğru gidiyordu.

Emily hâlâ çarkın içindeydi ve tepetaklak olmuştu!

"Dikkat!" diye bağırdık hepimiz.

Hızlı tam zamanında hareket etti ve çark duvara çarpmadan önce kenara çekildi. Hepimiz oraya koştuk. Emily sendeleyerek çarkın içinden çıktı; başı döndü ve düştü. Artık

neredeyse baygın halde yerde yatıyordu. Çok acayipti.

"Ne oldu?" diye sordu Andrea, Bayan Yonkers'a.

"Sanırım bilgisayar ezildi," diye karşılık verdi Bayan Yonkers.

Emily çok sarsılmışa benziyordu ama iyileşecek gibiydi.

"Hey, Hızlı nerede?" diye sordu Ryan.

Hepimiz bilgisayar laboratuvarında etrafımıza bakındık. Hızlı ortalarda yoktu.

"Gitmiş!" diye bağırdı Bayan Yonkers.

4

Kalem Açmak Tehlikeli Olabilir

Bayan Yonkers, kaplumbağa ile ilgili pek endişeli değildi. Onun sürekli kaçtığını söyledi. Ama Kaplumbağa Kam sayesinde onu bulabiliyordu. Başka bir bilgisayarı açtı, duvardaki prize takılı olan bilgisayardı bu.

"İşte orada!" diye bağırdık, Bayan Yonkers Kapumbağa Kam'ı tıkladığında.

"Dışarı nasıl çıkmış ki?" dedi Bayan Yonkers. Hepimiz ekrana yakından baktık. Hızlı, otoparkta arabalara doğru yürüyordu.

"Belki de camdan çıkmıştır," dedi çıplak çocuk Mel.

Bilgisayar ekranında çalılıklar gördük, sonra ekran biraz karardı. Tek görebildiğimiz yapraklar ve dallardı.

"Hızlı koruya girdi," dedim.

"Kaybolacak!" dedi Michael.

"Bir şeyler yapmamız gerek!" diye bağırdı Emily ve koşarak dışarı çıktı.

Emily bi'acayip.

"Endişelenmeyin," dedi Bayan Yonkers. "Hızlı'nın geri döneceğinden eminim. Bu arada en son çok gizli icadımı görmek ister misiniz?"

"Evet!" diye bağırdık hepimiz.

Bayan Yonkers, masasının çekmecesinden küçük bir kutu çıkardı.

"Uzaktan kumanda mı o?" diye sordum.

"Evet," dedi. "Ben bir uzaktan kumanda delisiyim! Evde garajı açmak, televizyonu açmak, mikrodalgayı çalıştırmak, hatta arabamı çalıştırmak için uzaktan kumanda kullanıyorum. Ama bu uzaktan kumanda farklı. Bu benim uzaktan kumanda uzaktan kumandam!"

"Uzaktan kumanda uzaktan kumandası nedir?" diye sordu Ryan.

"Uzaktan kumandayı almak için koltuktan kalkmak istemediğinizde kullandığınız uzaktan kumanda," dedi Bayan Yonkers. "Uzaktan kumanda uzaktan kumandası üzerinde bir düğmeye basıyorsunuz, böylece

uzaktan kumandayı kontrol edebiliyorsunuz."

"Müthiş!" dedik hepimiz. Bayan Yonkers bir dahi. Bence Nobel ödülü almalı.

"O zaman bir uzaktan kumanda uzaktan kumandası uzaktan kumandası icat etmelisiniz," dedi Michael.

"Bu saçma olur," dedi Bayan Yonkers. Masasının çekmecesinden bir kutu daha çıkardı. "Ama şuna bakın. Dünyanın ilk uzaktan kumandalı kalemtıraşı."

"Vay canına!" dedik hepimiz.

"Nasıl çalışıyor?" diye sordum.

"Kaleminizi şu küçük deliğe sokuyorsunuz ve açmak için olabildiğince uzağa gidiyorsunuz. Sonra geri döndüğünüzde kaleminizi açılmış ve kullanılmaya hazır halde buluyorsunuz."

"Müthiş!" dedim.

"İnsan neden bunu yapmak istesin ki?" diye sordu Andrea. "Kalemtıraşın yanında durmak daha kolay değil mi?"

"Kalemleri uzaktan kumandayla açmak daha müthiş," dedim. Bana kalsa, her şeyi uzaktan kumandayla yapmak müthiş zaten.

"Ayrıca bu kalemtıraşın bir özelliği daha var," diye açıkladı Bayan Yonkers. "Ben kalemim açılırken odanın içinde koşmayı çok seviyorum. Böylece egzersiz yapmış oluyorum. Çifte kazanç!"

"Deneyebilir miyiz?" diye sordu Ryan. "Lütfen? Lütfen? Lütfen? Lütfen?"

"Peki... tamam."

Bayan Yonkers kalemtıraşa bir kalem soktu. Sonra uzaktan kumandayı aldı ve bizi bilgisayar laboratuvarının öbür ucuna götürdü.

"Şimdi izleyin," dedi ve uzaktan kumandada bir düğmeye bastı. Kalemtıraş sesler çıkarmaya başladı. Ellerimizi çırptık. Ve sonra...

Bam!

Büyük bir patlama oldu! Kalem parçaları ve kalemtıraş havada uçarak bilgisayar laboratuvarının her yerine yayıldı!

"Eğilin!" diye bağırdım.

Hepimiz tıpkı yangın tatbikatında olduğu gibi eğildik, yuvarlandık, düştük.

Yerden kalktığımızda, kalemtıraş kalıntısından dumanlar yükseliyordu. Müthişti!

Bayan Yonkers'ın, kalemtıraşı patlayıp bir milyon parçaya dönüştüğü için üzüleceğini sanıyordum. Ama pek umursamamış gibiydi.

"İyi ki uzaktan kumandayı kullanmışım,"

dedi. "Böylece tehlikeden uzak kaldık, kimsenin canı yanmadı. Sıradan bir kalemtıraş kullansaydık ve o patlasaydı, ne kadar çocuk yaralanırdı, bir düşünsenize! Uzaktan kumandalı kalemtıraşlar çok daha güvenli."

Bayan Yonkers bi'acayip!

5

Şeker Şoku

Dersler bittikten sonra, Michael, Ryan ve ben koruda kaplumbağa Hızlı'yı aramaya gittik. Onu hiçbir yerde bulamadık. Sanırım kaçmıştı.

Çok üzgündük. Ama ertesi sabah okula gittiğimizde daha da üzüldük. Tulumlar giymiş iki iri yarı adam, yemek yediğimiz yer olan kusmukoryumdaki gazoz ve şeker makinelerini dışarı taşıyorlardı.

"Şekere veda edin!" diye bağırdı güzel Ba-

yan Cooney. "Bundan sonra okulumuzda sadece sağlıklı yiyecekler olacak."

"HAYIR!" diye bağırdım, şeker makinesine sarılarak. "Bunu götürmeyin!"

Bayan Cooney saçmalamamamı söyledi. Sonra da abur cubur yemeyi bıraktığımda, bunları hiç özlemeyeceğimi ekledi.

"Gazozlarıma ve şekerlerime son bir kez veda edebilir miyim?" diye yalvardım.

"Evet, sanırım," dedi Bayan Cooney.

Makinelerin önünde diz çöktüm. Artık şekerlerim, çikolatalarım, gofretlerim olmayacaktı. Abur cubur yoktu artık. Nasıl yaşayacaktık biz?

Öleceğimi sandım. Gözlerimden yaşlar dökülmeye başladı.

Michael, abur cuburlar için bir dakikalık saygı duruşunda bulunmayı önerdi. Bunun harika bir fikir olduğunu düşündüm. Bütün çocuklar makinelerin etrafında toplandılar.

Saygı duruşu sırasında, şeker yiyip gazoz içerek geçirdiğimiz bütün o güzel zamanları düşündüm. Hatta durumla ilgili bir şiir bile yazdım. Elimi kalbime götürüp şiirimi okudum:

Bana
Hayatımın en güzel anlarını yaşatan
Gazozum, şekerim, çikolatam
Elveda hepinize
Kusmukoryum siz olmadan bomboş
Hatta bundan sonra
Artık midem de boş

Diğer bazı çocuklar da yanımıza geldiler ve hep birlikte adamların makineleri kusmukoryumdan çıkarmasını izledik. Hepimiz burnumuzu çekiyorduk.

O sırada Andrea ve sinir bozucu kız arkadaşları yanımıza geldiler.

"Mesele ne?" diye sordu Andrea. "Ben havuç çubukları ve taze meyve gibi sağlıklı şeyler yemeye bayılırım. Çocukların dengeli beslenmeleri gerekir."

Keşke onun beslenmesi dengesini kaybetse de kafasına düşse!

O sabah aklım fikrim abur cuburdaydı. Bayan Daisy sınıfa iklim çeşitlerini anlatırken, ben masamda yiyecek bir şeyler arıyordum. Lolipop. Naneli şeker. Fındıklı gofret. Küçük bir çikolata. HERHANGİ BİR ŞEY.

"Benim şekere ihtiyacım var," diye fısıldadım Ryan'a. "Ölüyorum!"

Sonunda arka cebimde bir şey buldum. Eskiden kalmış bir şeker! O kadar eskiydi ki neli olduğu bile anlaşılmıyordu. Ama yine de yedim. Bazen, acil durumlarda, elinde ne varsa onunla yetinirsin.

Keşke bir tane daha olsaydı!

6

Bilgisayarlar Şaka Yapamaz

O gün öğleden sonra bilgisayar laboratuvarına gittiğimizde, hâlâ abur cubur olmadığı için canımız sıkkındı. Laboratuvara girdiğimizde, Bayan Yonkers masasının üzerinde oturuyordu, bilgisayarı da iskemlesindeydi. Çok acayipti. Normalde iskemlenizde oturmanız, bilgisayarınızın da masanın üzerinde olması gerekir.

Ayrıca Bayan Yonkers'ın ayaklarında ayakkabılarının olmaması da acayipti. Kendisi, ayak parmaklarıyla tuşlara basıyordu.

"Neden ayak parmaklarınızla tuşlara basıyorsunuz, Bayan Yonkers?" diye sordu Emily.

"Yapmam gereken çok iş var," dedi Bayan Yonkers. "Tuşlara ayak parmaklarımla bastığımda, ellerimle de başka işler yapabiliyorum. Böylece iki kat fazla iş yapmış oluyorum. Çifte kazanç!"

"Ne yazıyorsunuz, Bayan Yonkers?" diye sordu Andrea.

"E-posta," diye karşılık verdi Bayan Yonkers.

"Kime?" diye sordu Ryan.

"Kendime. E-posta almaya bayılıyorum."

Bence Bayan Yonkers kendine e-posta yazmakla vakit kaybetmese, iki kat daha fazla iş yapabilirdi. Neden bu yetişkinler bi'acayip?

"Kaplumbağa Hızlı'yı bulabildiniz mi?" diye sordu çıplak çocuk Mel.

"Henüz değil," dedi Bayan Yonkers. "Bay Klutz'un sorununu düşünmekle meşguldüm."

"Ne sorunu?" diye sordu Emily.

"Geçen gün şaka yapan bilgisayarların olmamasının ne kadar kötü olduğunu söylemişti," dedi Bayan Yonkers. "Ben de bir program üzerinde çalışmaya başladım. Adı Kıkırtı."

"Ah, deneyebilir miyiz?" diye sordum.

"Lütfen, lütfen, lütfen, lütfen!"

"Peki... tamam."

Bayan Yonkers, köşedeki bilgisayarın üzerindeki örtüyü çekip bilgisayarı açtı. Ekranda KIKIRTI sözcüğü belirdi. Altında boş bir kutu vardı. Bayan Yonkers bize bu kutunun içine bir sözcük yazdığımızda, Kıkırtı'nın bununla ilgili bir şaka uyduracağını söyledi.

"Kaykay!" diye bağırdım.

"Çiçek!" diye bağırdı Andrea.

"Sümük!" dedi Michael.

Hepimiz önerilerde bulunduk. Sonunda çıplak çocuk Mel, "Tavuk!" dedi. Hepimiz tavuklarla ilgili şakaların güzel olacağı konusunda anlaştık.

Bayan Yonkers kutuya "Tavuk" yazdı ve ENTER tuşuna bastı. Bilgisayar birkaç saniye düşündü ve sonra ekranda tavukla ilgili bir şaka belirdi.

S: TAVUKLARIN EN SEVDİĞİ ÜLKE HANGİSİDİR?

C: MISIR!

"Çok saçmaymış," dedi Andrea.

"Hiç komik değil," dedi Emily.

"Bilgisayarların espri anlayışları pek parlak değil," dedi Bayan Yonkers. "Hâlâ üzerinde çalışıyorum."

Ben de espriyi pek komik bulmamıştım ama yine de güldüm. Andrea'nın komik bulmadığı bir şey kesin komiktir çünkü.

"Tabii, tavuklar mısır yer çünkü!" diye güldüm. "Müthişmiş!"

Ryan, Michael ve çıplak çocuk Mel de gülmeye başladılar. Biraz sonra Andrea ve Emily dışında bütün sınıf gülüyordu.

"Siz bir kaz kafalı sürüsüsünüz!" dedi Andrea.

İtiraf etmeliyim, tavuk şakaları çok sıkıcıdır. Ama bu hiç değilse Bay Klutz'un şakaları kadar komikti bence.

7

Yakalandık!

Gazoz ve şekersiz bir hayat korkunçtu, anlamsızdı. Artık kusmukoryumda abur cubur makineleri olmadığına göre, çarem yoktu. Başka yollar aramak zorundaydım.

Evden gizlice abur cubur getirmeye karar verdim.

Ertesi sabah sırt çantama bir sürü gofret doldurdum. Kalemkutuma şeker koydum. Ceplerim de patlamış mısır doluydu. Ayakkabımın içinde çiklet, iç çamaşırımın içinde ise lastik şekerler vardı.

"Ben yürüyen şeker dükkânıyım!" diye fısıldadım yolda Michael ve Ryan'a.

Tam okulun kapısından girerken ziller ve sirenler çalmaya başladı.

BİP BİP BİP

BİP BİP BİP!

"ABUR CUBUR ALARMI!" diye anons yaptı bir bilgisayar sesi. "ABUR CUBUR ALARMI!"

Birden bir kapının arkasından polis üniforması giymiş biri çıktı. Elinde silah, kelepçeler filan vardı

"Kımıldama!" diye bağırdı bana.

"Efendim?" dedim. "Sen de kimsin?"

"Benim adım Memur Spence!" dedi, ellerimi arkamda birleştirerek. "Buradaki yeni güvenlik görevlisiyim. Üzerinde abur cubur mu saklıyorsun, genç adam?"

"Yakalandın, A.J.," dedi Ryan.

Memur Spence'in isteği üzerine ceplerimi boşalttım. Şekerlerimi, gofretlerimi, çikolatalarımı, her şeyi ona verdim.

"Abur cuburdan uzak durun," diye emretti Memur Spence. "Böylece kimsenin canı yanmaz."

O sırada neler olup bittiğini görmek isteyen bir grup çocuk etrafımızda toplandı.

"Arlo hapse mi girecek?" diye sordu Andrea, yüzünde kocaman bir gülümsemeyle.

"Bu defalık seni yalnızca uyaracağım, genç

adam," dedi Memur Spence. "Ama bundan sonra sakın okula abur cubur getirme. Bu senin iyiliğin için."

"Tamam efendim," dedim zayıf bir sesle.

Ryan ve Michael, sanki bu dünyanın en komik şeyiymiş gibi kahkahalarla gülüyorlardı. Ama bence hiç de komik değildi. Penguenlerle birlikte yaşamak için Antarktika'ya kaçmayı düşündüm ama orada abur cubur bulmak daha da zor olurdu herhalde.

"Şimdi zehirli olmadıklarından emin olmak için bunları test etmeliyim," dedi Memur Spence, çikolatalarımdan birini ısırarak. "Tedbirli olmak gerek, değil mi?"

"Hey, o benim çikolatam!" diye yakındım.

"Bu gofretlerde bomba olabilir," dedi Memur Spence paketlerden birini yırtarak. "Bunları da test etsem iyi olur."

Ağzına bir avuç gofret attı.

"Temiz," dedi. "İyi ki buradayım da bundan emin olduk."

Memur Spence bi'acayip!

Ama anlamadığım bir şey daha vardı. Ben kapıdan girerken çalmaya başlayan şey neydi?

O sırada Bay Klutz koşarak geldi. Çok heyecanlıydı.

"Yeni ısıya duyarlı dijital abur cubur dedektörü çalışıyor!" dedi. "Bayan Yonkers bir dahi!"

Ne? Bu da mı Bayan Yonkers'ın icatlarından biriydi? Bence berbat, korkunç bir icattı.

Bayan Yonkers'a gerçekten çok kızmıştım.

8

Sanal Gerçeklik Günü

O kadar kızgındım ki, o gün öğleden sonra bilgisayar laboratuvarına yürürken Bayan Yonkers'a bakmadım bile.

"Bir şey mi oldu, A.J.?" diye sordu Bayan Yonkers.

"Evet, bir şey oldu," dedim. "Abur cubur detektörünüz korkunç, berbat, zalim bir icat."

Beni bilgisayar laboratuvarının dışına çıkardı. Ona Memur Spence'in beni bütün okulun önünde nasıl rezil ettiğini anlattım.

“Benim abur cuburlarımı alıp yedi,” diye şikâyet ettim. “Ben abur cuburu çok severim. Abur cubura ihtiyacım var.”

“Ah!” dedi Bayan Yonkers. “Bu çok kötü. Ben, Bay Klutz için bir sorunu çözdüğümü sanmıştım. Senin için bir sorun yarattığımı fark etmedim.”

Bayan Yonkers çok kibardı. Benim için bir çözüm yolu bulmaya çalışacağını söyledi. Bilgisayar laboratuvarına geri döndüğümüzde, eskisi kadar kızgın değildim.

"Bugün Sanal Gerçeklik Günü," dedi Bayan Yonkers sınıfa.

Hepimize garip görünümlü birer kask verdi. Ben kaskımı taktığımda, bilgisayar laboratuvarını göremez oldum. Bunun yerine büyük, yeşil bir alan ile bir şato gördüm! Bir adım attım, şatoya doğru yürüyor gibiydim. Çok acayipti.

"Bayan Yonkers," dedi okul sekreteri Bayan Patty hoparlörden." Lütfen sekreterliğe gelin."

"Ah," dedi Bayan Yonkers. "Hemen dönerim."

Kendisi yokken uslu durmamızı istedi. O çıkar çıkmaz sınıfa dönüp popomu salladım. Ama kimse gülmedi, çünkü herkesin kafasında sanal gerçeklik kaskları takılıydı.

Karşımdaki sanal şatoya gittim ve burayı keşfetmeye başladım. Diğer çocukların da aynı şeyi gördüklerini sanıyordum ama herkes farklı bir şey görüyordu.

"Ben şu anda çölde yürüyorum," dedi Ryan.

"Ben kalabalık bir caddedeyim," dedi Michael.

"Ben uzaydayım," dedi Andrea.

Hepimiz laboratuvarda korku filmlerindeki zombiler gibi yalpalayarak yürüyorduk. Sanal gerçeklik müthişti.

"Keşke lazer silahlarımız olsaydı," dedi çıplak çocuk Mel.

“Evet,” diye onayladım. “O zaman birbirimizi vurabilirdik.”

“Neden oğlanlar hep vurdulu kırdılı şeyler düşünüyorlar?” diye sordu Andrea. “Başka insanların canını yakmadan eğlenemez misiniz?”

“Hayır,” dedim ona.

Andrea ve ben sanal bir tartışmaya giriştik ama bitiremedik çünkü fırsatımız olmadı. O sırada ne olduğuna inanamazsın!

Emily kapıya çarptı.

“Ahhh!” diye inledi.

Sonra da yere oturup ağlamaya başladı. Amma sulugöz!

“Kafamı kapıya çarptım!” diye hıçkırdı. “Galiba beynim zedelendi!”

“Hayır, bence o uzun zaman önce oldu,” dedim ben kıkırdayarak. Çocuklardan bazıları güldüler.

Birden Bayan Yonkers koşarak bilgisayar laboratuvarına girdi.

"Ah!" dedi. "Ne oldu?"

"Kaz kafalı kapıya çarptı!" diye açıkladım.

Bayan Yonkers yere oturdu ve Emily'nin kafasını kollarına aldı. Sonra dünya tarihinin en acayip şeyini yaptı. O da ağlamaya başladı.

"Çok üzgünüm!" diye ağladı. "Sanal gerçeklik kaskları üzerinde çalışmaya devam ediyorum. Bu yeni işin baskısı ve şirketim beni çok yormaya başladı. Kaplumbağa Hızlı konusunda da endişeleniyorum. Hiç bu kadar uzun süre yok olmamıştı."

"Ben iyiyim, Bayan Yonkers," dedi Emily. "İyileşeceğim."

“Kafamın içinde o kadar çok fikir var ki,” dedi Bayan Yonkers. “Yapmam gereken çok iş var ama zamanım çok kısıtlı. Keşke kendimi klonlayabilsem.”

Sulugöz Emily için üzülmedim. Her beş dakikada bir ağlıyor zaten. Ama Bayan Yonkers için üzüldüm.

İcatları acayip olsa da kibar bir kadındı o.

9

Bayan Yonkers ile İlgili Gerçek

Ertesi gün kusmukoryumda öğle yemeğimizi yerken, hoparlörden bir anons yapıldı.

"Bayan Yonkers bugün yok," dedi Bayan Patty. "Bütün bilgisayar dersleri iptal edildi."

Pof!

Yandaki masada kızlar saçma sapan şeylerden söz ediyorlardı. Birinin doğum gününe giderken ne giyeceklermiş, kafalarına kaç tane toka takacaklarmış filan. Biz oğlanların konuşacak daha önemli şeylerimiz var.

"Ben bir kaşığı burnumda asılı tutabilirim," dedi Ryan.

"İmkânsız," dedim.

Ryan kaşığa üfledi. Sonra kaşığı burnuna götürdü ve kaşık orada asılı kaldı. Dünya tarihinin en şaşırtıcı şeyiydi.

Ryan; Michael, çıplak çocuk Mel ve bana kaşıkları burunlarımızda asılı tutmayı öğretti. Sonra bir kaşığı burunda asılı tutma yarışması yaptık. Ryan kazandı çünkü aynı anda yüzünde dört kaşığı asılı tutabiliyordu. O da benim gibi ayrıcalıklı yetenek programında olmalı.

Annemin hazırladığı öğle yemeği paketimi açtım. Süt. Bir paket fıstık. Bir elma. Havuç çubukları.

Öf! Sağlıklı yiyeceklerden nefret ediyorum! Meyve ve sebze yememiz gerektiğine inanamıyorum. Onlar toprakta yetişiyor! İğrenç!

Kızların masasına baktım.

"Andrea," dedi Emily, haşlanmış sebzelerinle meyve salatanı benim tofu böreğimle değiştirmek ister misin?"

"Hayır, teşekkürler," diye karşılık verdi Andrea. "Aç değilim."

Andrea çok üzgün görünüyordu, sanki köpeği filan ölmüş gibi.

"Neyin var senin?" diye sordum. "Köpeğin filan mı öldü?"

"Bayan Yonkers için endişeleniyorum," dedi Andrea.

"Ne olmuş ona?" diye sordu Michael.

"Üzerinde çok baskı var," dedi Andrea.

"Benim annem psikolog. İnsanların baskı altındayken sinirsel çöküş yaşayabileceklerini söylüyor."

"Belki de Bayan Yonkers aslında bilgisayar öğretmeni değildir," dedim. "Bunu hiç düşündünüz mü?"

"Ne demek istiyorsun?" diye sordu Emily.

"Belki bilgisayar öğretmeni numarası yapıyordur."

"Evet," dedi Ryan. "Belki de Bayan Yonkers bilgisayar öğretmenlerini kaçıran ve on-

ları devletin bilgisayar sistemlerini çökertmeye zorlayan kötü bir dâhidir. Böyle şeyler her zaman olur, biliyorsunuz."

"Öyle mi?" diye sordu Emily.

"Emily'yi korkutmaktan vazgeç," dedi Andrea.

"Elbette öyle," dedi Michael. "Belki de Bayan Yonkers dünyadaki bütün bilgisayarları aynı anda çökertmeyi planlıyordur."

"Evet," dedi çıplak çocuk Mel, "belki de asıl bilgisayar öğretmenimizi bodrumdaki gizli zindanda bağlamıştır."

"Bence gizli zindanı üçüncü kata taşıdılar," dedi Ryan.

"Bence Bayan Yonkers bir lazer yazıcı aldı ve gerçek bilgisayar öğretmenimize lazer ışınlarıyla işkence yapacak," diye ekledim. "Bir keresinde bunu bir filmde görmüştüm."

"Bir şeyler yapmamız gerek," diye bağırdı Emily. Sonra da koşarak kusmukoryumdan çıktı.

Emily bi'acayip.

10

Dünya Tarihinin En Büyük İcadı

Ertesi sabah Bay Klutz kel kafasıyla sınıfa geldi.

"Yarın Bay Carbles okulumuzu ziyaret edecek," dedi Bay Klutz. "Kendisi Milli Eğitim Bakanı. Okulumuzu 21. yüzyıla taşımak konusunda bir ilerleme kaydedip kaydetmediğimizi merak ediyormuş. Bu yüzden hepinizden uslu durmanızı bekliyorum."

"Dururuz!" dedik hepimiz.

"Bilgisayar öğretmenimiz zindana mı kapatıldı? Lazer ışınlarıyla işkence mi görüyor?" diye sordu Emily.

"Bilmiyorum," diye karşılık verdi Bay Klutz. "Daha doğrusu, bence Bayan Yonkers şu anda bilgisayar laboratuvarında ders planları üzerinde çalışıyordur."

Hepimiz Bayan Yonkers'ın okula dönmesine sevinmiştik. Ama onu bilgisayar laboratuvarında gördüğümüzde, gerçekten yorgun görünüyordu. Önceki gece uyuyamadığını söyledi.

"Sizi düşündüm, çocuklar," dedi, "ve sanırım sonunda sorununuza bir çözüm buldum."

Köşedeki bilgisayarın üzerindeki örtüyü çekti. Bilgisayarın yanında büyük bir mikrodalga fırını andıran bir kutu vardı.

"O nedir?" diye sordu Michael.

"Ben buna ACD diyorum," dedi Bayan Yonkers. "Abur Cubur Dönüştürücü. İzleyin."

Masanın üzerinde duran çantadan bir brokoli çıkardı ve bunu Abur Cubur Dönüştürücü'ye koydu. Sonra bilgisayarın klavyesiyle bir şeyler yazdı. Mikrodalgamsı şey bir dakika kadar cızırdadı, ardından bir zil çaldı Bayan Yonkers kapağı açtı. Orada ne olduğuna asla inanamazsın.

Fıstıklı çikolata!

"Vay canına!" diye bağırdık.

"Brokoliye ne oldu?" diye sordu Andrea.

"Abur Cubur Dönüştürücü onu fıstıklı çikolataya dönüştürdü," dedi Bayan Yonkers. Çikolatanın paketini açıp bir ısırık aldı.

"Bu imkânsız!" dedi Ryan. "Numara bu!"

"Öyle mi dersin?" dedi Bayan Yonkers. "Şunu izle o zaman."

Bir avuç yeşil fasulye –dünya tarihinin en iğrenç yiyeceği-aldı ve Abur Cubur Dönüştürücü'nün içine koydu. Sonra yine bir şeyler yazdı. Mikrodalgamsı şey yine öttü ve zil çaldı. Bayan Yonkers kapağı açtığında, ne çıktı bil bakalım?

Üç paket gofret!

"Vay canına!" diye bağırdık hepimiz.

Bayan Yonkers gofretleri hepimize dağıttı.

"Tadı çikolata gibi," dedi Michael.

"Çikolata zaten," dedi Bayan Yonkers. "Ama içinde yeşil fasulyedeki vitaminler ve besleyici maddeler var. Abur Cubur Dönüştürücü, sağlıklı yiyecekleri sağlıklı abur cuburlara dönüştürüyor."

"Şaşırtıcı," dedi Andrea.

"Siz Nobel Ödülü almalısınız," dedim Bayan Yonkers'a.

"Peki, Abur Cubur Dönüştürücü abur cuburları sağlıklı yiyeceklere dönüştürebiliyor mu?" diye sordu Ryan.

"İnsan bunu neden istesin ki?" diye sordum.

Ryan bi'acayip.

Bayan Yonkers sınıfımıza gidip dolaplarımızdaki sağlıklı yiyeceklerimizi getirebileceğimizi söyledi. Hayatımda hiç bu kadar hızlı koşmamıştım. Bilgisayar laboratuvarına geri döndüğümüzde, Bayan Yonkers'ın masasının üzerinde sebze ve meyvelerle dolu torbalar vardı. Dersin geri kalanını sağlıklı yiyecekleri abur cubura dönüştürerek geçirdik.

Hayatımın en güzel günüydü. Sevdiğim her şeyden yaptık. Fındıklı, karamelli çikolatalar, fıstık ezmeleri, bir sürü şeker. Sonunda o kadar çok çikolata ve şekerimiz olmuştu ki sanki Cadılar Bayramı'nda gibiydik. Hepsini yememiz mümkün değildi. Zil çalıp gitme vakti geldiğinde, abur cuburlarımızdan oluşan bir yığını Bayan Yonkers'ın dolabına doldurduk.

"Bu dünya tarihinin en harika icadı," dedim Bayan Yonkers'a.

"Şşş," dedi. "Bunu kimseye söylemeyin. Aramızda kalsın."

11

Klonları Gönderin

Sır tutmak zordur. Annemle babama Abur Cubur Dönüştürücü'den söz etmek istiyordum. Bizim sokakta yaşayan arkadaşım Billy'ye bundan söz etmek istiyordum. Bunu birilerine anlatmak istiyordum.

Ama yapamadım. Dudaklarım mühürlüydü. (Bu bir deyim, biliyorsun di mi?")

Ertesi sabah, Bayan Patty hoparlörden bir duyuru yaptı.

“Bayan Yonkers bugün yok ama lütfen belirlenen saatte bilgisayar laboratuvarına gidin.”

Acayip bir durumdu. Eğer Bayan Yonkers yoksa, bilgisayar öğretmenimiz kim olacaktı? Bütün gün bunu merak ettik. Sonunda bilgisayar dersi saati geldi.

Hepimiz koridora koştuk.

Bilgisayar laboratuvarının kapısını açtık.

Bir milyon yıl düşünsen, orada kimi gördüğümüzü bulamazsın!

Bir robot!

“OTURUN!” diye emretti robot, bilgisayar sesiyle. “DİNLEYİN!”

Robot, Bayan Yonkers’a çok benziyordu. Hatta üzerinde BEN BİR BİLGİSAYAR DELİSİYİM tişörtü, başında da peynire benzeyen o şeyden vardı.

“BAYAN YONKERS KENDİNİ İYİ HİSSETMİYOR,” dedi robot. “BEN BAYAN ROBO-YONKERS’IM. BUGÜN BİLGİSA-

YAR ÖĞRETMENİNİZ BENİM.”

“Vay canına!” Bayan Yonkers kendi robot yedek öğretmenini yapmıştı. Müthiş! Eskiden Bayan Todd adında bir yedek öğretmenimiz vardı. Ama Bayan Todd, Bayan Daisy’yi öldürüp onun yerine geçmeye çalışmıştı.

Bayan Todd bi’acayipti.

“Hatırlıyor musunuz, Bayan Yonkers bize çok işinin olduğunu ve kendini klonlamak istediğini söylemişti?” dedi Andrea, biz otururken. “Sanırım bunu nasıl yapacağını bulmuş.”

Klonlar müthiştir.

Bizim sokakta oturan arkadaşım Billy bana bilim adamlarının koyunları, kedileri, inekleri klonladıklarını söylemişti. Ama daha önce kimse bir insanı klonlamamıştı.

"KONUŞMAYI KESİN!" dedi Bayan Robo-Yonkers. "AYAKLARINIZI KIVIRIN. ELLERİNİZİ YERE KOYUN."

Gerçek bir öğretmen gibi konuşuyordu!

"Bayan Robo-Yonkers," dedim, "benim bir sorum var."

"SORUNU SOR," dedi Bayan Robo-Yonkers.

"İtfaiyeci muz mide çatal?" diye sordum.

"SORUNU ANLAMADIM," dedi Bayan Robo-Yonkers. "LÜTFEN SORUNU TEKRARLA."

"Futbol benim portakal telefon?" diye sordum.

"ANLAŞILAMADI," dedi Bayan Robo-Yonkers. "LÜTFEN TEKRARLA."

"Kavun çimenlik iskemle atomik bisiklet?"

"Ne yapıyorsun, Arlo?" diye sordu Andrea.

"Bilgisayarlar dili anlamak konusunda pek iyi değiller," dedim. "Ben de onun kafasını karıştırmaya çalışıyorum. Yedek öğretmenlere böyle numaralar yapmak gerekir. Çocuk olmanın birinci kuralı budur."

"ANLAMIYORUM," dedi Bayan Robo-Yonkers.

"Canavar tepetaklak ay makine?" diye sordum.

"Kes şunu, Arlo," dedi Andrea. "Başımızı derde sokacaksın."

Ama artık çok geçti. Başımız derde girmişti bile. Bayan Robo-Yonkers Sarsılmaya ve titremeye başladı.

"SİSTEM HATASI! SİSTEM HATASI! SİSTEM HATASI!" deyip duruyordu.

Başından dumanlar çıkıyordu. Boynunda şimşekler çakıyordu. Sonra dönmeye ve masalara çarpmaya başladı.

BEN BİR
BİLGİSAYAR
DELİSİYİM

"Galiba devreleri yandı," dedi Michael.

Bayan Robo-Yonkers bilgisayar laboratuvarında deli gibi dolaşıyor, her şeye çarpıyordu. Çocuklar kaçışıyorlardı.

"Canını seven kaçsın!" diye bağırdı çıplak çocuk Mel.

"Ben Bay Klutz'u çağırayım," dedi Andrea, koşarak laboratuvardan çıkarken.

Bayan Robo-Yonkers kontrolden çıkmıştı. Sonunda Bay Klutz koşarak geldi.

"Ne oldu burada?" diye bağırdı.

"Bayan Robo-Yonkers bozuldu!" dedim.

"Bana bırakın," dedi Bay Klutz. "Gençliğimde bilgisayarlarla aram çok iyiydi. Bayan Yonkers robotun uzaktan kumandasını nereye koyuyor?"

"Uzak bir yere," dedim.

"SİSTEM HATASI! SİSTEM HATASI! SİSTEM HATASI!"

Bayan Robo-Yonkers daireler çizerek dolaşırken, kollarından biri Emily'ye çarptı.

"Aaahh! Kafam!" diyerek yere düştü Emily. Her zamanki gibi yaygaracıydı.

"Bayan Cooney'i çağırın!" dedi Bay Klutz. "İlk yardım çantasını getirmesini de söyleyin."

Bayan Robo-Yonkers koşturup duruyordu. Bay Klutz da koşturuyordu. Biz çocuklar da koşmaya başlamıştık. King Kong filminde gorilin zincirlerinden kurtulup sokaklarda koşmaya başladığı sahneye benziyordu. Herkes çıldırmış gibiydi.

O sırada kimin geldiğini asla tahmin edemezsin!

Milli Eğitim Bakanı Dr. Carbles!

"Klutz!" diye bağırdı Dr. Carbles. "Bu da ne demek oluyor?"

"Endişelenecek bir şey yok efendim," dedi Bay Klutz, Bayan Robo-Yonkers tahtaya çarparken.

"Neden bu okula her gelişimde çocuklar delirmiş gibi koşuyorlar?" diye sordu Dr.

Carbles. "Enerjilerini abur cuburlardan mı alıyorlar?"

"Ah, hayır efendim," dedi Bay Klutz. "Biz bütün abur cuburlardan kurtulduk. Hatta girişe bir abur cubur detektörü bile koyduk."

O sırada Bayan Yonkers, önceki gün bütün abur cuburlarımızı sakladığımız dolaba çarptı. Çikolatalar, şekerler, gofretler her yere saçıldı.

"Klutz!" diye bağırdı Dr. Carbles. "Bu da ne demek oluyor? Sizin bütün abur cuburlardan kurtulduğunuzu sanıyordum!"

"Kurtulduk!" dedi Bay Klutz. "Biri Bayan Yonkers'ı arasın!"

O sırada Bayan Cooney (hani güzel olan) ilk yardım çantasıyla içeri girdi. Cep telefonunu çıkarıp deli gibi numaraları tuşladı. Bayan Robo-Yonkers, Dr. Carbles'ı kovalıyordu. Tam bir King Kong filminde gibiydik.

Bayan Robo-Yonkers çıldırmıştı!

12

Ne Olacak Şimdi?

"Herkes sakin olsun!" dedi güzel Bayan Cooney. "Bayan Yonkers buraya geliyor. O ne yapılacağını bilir."

Bayan Cooney, Emily'nin kafasına buz koydu. Bayan Robo-Yonkers, Dr. Carbles'ı kovalamaya devam ediyordu. Sonunda Bayan Yonkers, peynir kafasıyla çıkageldi.

"Bu kadar acil olan ne?" diye sordu.

"Robot klonunuz çıldırdı," diye bağırdı Bay Klutz.

"İmdat!" diye haykırdı Dr. Carbles. "Beni öldürmeye çalışıyor!"

"Ah," dedi Bayan Yonkers. "Sanırım hâlâ üzerinde çalışmam gerek."

"Onu nasıl durduracağız?" diye bağırdı Bayan Cooney.

"Yapılabilecek tek bir şey var," dedi Bayan Yonkers ve cebinden bir uzaktan kumanda çıkardı. "Bayan Robo-Yonkers'ı yok etmek zorundayım. Herkes geri çekilsin."

Bayan Robo-Yonkers ve Dr. Carbles tahtaya yapıştılar. Hepimiz gözlerimizi kapattık. Patlama sesi bekliyordum.

Ama hiçbir şey olmadı. Duyduğum tek ses, Bayan Yonkers'ın ağlama sesiydi.

"Yapamam," diye hıçkırdı Bayan Yonkers, uzaktan kumandayı Bayan Cooney'e uzatırken. "Alın, siz yapın. İMHA düğmesine basın."

Dr. Carbles, Bayan Robo-Yonkers'ın bacaklarının arasından emekleyerek kaçtı. Bayan Cooney düğmeye bastı.

Bir saniye…

İki saniye…

Üç saniye…

"EĞİLİN!" diye bağırdım.

BAM! Büyük bir patlama oldu. Bayan Robo-Yonkers'ın parçaları her yere saçıldı. Kafası da laboratuvarın köşesinde duran bayrak direğinin üzerine kondu.

"Geri döneceğim," dedi kafa ve sonra çöp kutusuna düştü.

Tam fotoğraflık bir andı. Orada olmalıydın! Biz gözlerimizle gördük her şeyi.

Bayan Yonkers, yerde oturmuş, ağlıyordu.

"Ühü ühü!" dedi. "Ben, Bayan Robo-Yonkers'ı kendi ellerimle yaratmıştım. Çok üzgünüm. Böyle olmasını istemezdim."

Bayan Yonkers'a, klonunun çıldırmasının ve Milli Eğitim Bakanı'na saldırmasının onun suçu olmadığını söyledik. O sırada Küçük Bayan Koca Ağız konuşmaya başladı.

"Hepsi Arlo'nun suçu," dedi Andrea. "Eğer Bayan Robo-Yonkers'a o garip cümleleri söylemeseydi, bunların hiçbiri olmayacaktı. Onu sen öldürdün, Arlo!"

"Hayır, ben öldürmedim!" dedim, Bayan Cooney'i işaret ederek. "O canavarı bu güzellik öldürdü!"

13

Öykünün Anafikri

Bayan Robo-Yonkers'ın patlaması karşısında hepimiz çok sarsılmıştık. Özellikle Bayan Yonkers. Hepimiz etrafında toplanıp ona sarıldık. O sırada dünya tarihinin en şaşırtıcı şeyi oldu. Biri bilgisayar laboratuvarından içeri girdi. Kim olduğunu bir milyon yıl düşünsen bulamazsın.

Söylemiyorum işte!

Tamam, tamam, söylüyorum.

Kaplumbağa Hızlı!

"Hızlı!" diye bağırdı Bayan Yonkers. "Geri döndün!"

Hızlı'yı kucağına alıp ona sarıldı ve kabuğunu öptü. Hepimiz Hızlı'yı gördüğümüze o kadar sevinmiştik ki, Bayan Robo-Yonkers'ın patladığını unutmuştuk. Bence Bayan Yonkers, Hızlı'yı Bayan Robo-Yonkers'ı sevdiğinden daha çok seviyordu.

Öykünün anafikrine gelince... öykünün anafikri yok. Öykülerin anafikrinin olması gerektiğini kim söylemiş ki? Bazen acayip şeyler olur işte. Özellikle de bizim acayip okulumuzda.

Belki Bayan Yonkers yeni bir robot klon yapabilir. Belki Abur Cubur Dönüştürücü'den milyonlar kazanabilir. Belki kafamızın içine yerleştirebileceğimiz bilgisayarlar yapabilir, böylece okula gitmek zorunda kalmayız. Belki kendine e-postalar yazmaktan vazgeçer. Belki Emily düşmekten, Andrea da bu kadar sinir bozucu olmaktan vazgeçer. Belki abur cubursuz dünyada yaşamanın bir yolunu buluruz. Belki zamanda yolculuk edip 21. yüzyıla gideriz.

Ama hiç kolay olmayacak!